Edith Bergner

Das Mädchen im roten Pullover

Illustrationen von Fotis Zaprasis

W0211831

Der Kinderbuchverlag Berlin

ISBN 3-358-00443-0

Edith Bergner · Das Mädchen im roten Pullover

I

Kurz vor dem Wälser Schachtteich führt die Straße in einem Bogen um die Erlenkippe herum. Auf der Straße läuft Jella im roten Pullover, die Ärmel bis zu den Ellenbogen hochgeschoben. Die letzten Häuser von Blauhügel hat sie hinter sich gelassen, die Wiesen, auf denen die Gänse schnattern und die Hühner nach Regenwürmern suchen.

Der Aufruhr treibt Jella vorwärts; eine Erregung, die alles vergessen läßt, was vor einer Stunde noch wichtig war, Wiesen und Gänse und der erste Krokus im Garten, blaßblau. Nur diese eine Nachricht zählt jetzt. Fräulein Weidmann hätte keinen Grund, sich im Unterricht zu beschweren: Immer hast du zu viele Dinge auf einmal im Kopf. Diese Nachricht beschäftigt Jella ganz.

Der Vater kam vom Schichtbus, kam zur Tür herein. Etwas war anders, schon als er die Jacke im Flur an den Haken hängte, die blaue Schirmmütze dazu. Verdächtig umständlich und langsam tat er das. Er zwinkerte Jella zu und hatte seinen Spaß daran, sie neugierig zu machen. „Was glaubst du, was passiert?"

Etwas, was sie beide sich insgeheim ausmalten, einen Wunsch, der sich erfüllen würde, so etwas mußte es sein.

Aus seiner Aktenmappe kramte der Vater einen Schein; erst die Thermosflasche, dann das schwarze Schreibheft, zuletzt die Brieftasche mit dem Schein. „Lies."
Sie hielt den Schein in der Hand, las; begriff nicht, was sie las; las zum zweiten Mal und nahm sich kaum noch Zeit, ihre Gummistiefel anzuziehen. „Ich lauf zur Mutter!"
„Laß mich das machen, sie wird nicht einverstanden sein."
„Sie wird, sie wird bestimmt!" Es wäre doch verrückt, bei solch einer Nachricht nein zu sagen. Da hatte sie die Haustür schon hinter sich ins Schloß geworfen.
Drei volle Stundenschläge dröhnen von der Schuluhr herüber und verhallen hinter der Erlenkippe. Kaum hundert Meter sind es noch bis zum Kartoffelacker. Er trennt die Wippkendorfer von der Zippkendorfer Flur. Oben auf dem Berg liegt Wippkendorf, Zippkendorf unten im Tal, Blauhügel dazwischen; weit hinten am Ende der Ebene im gelben Wolkendunst das Chemiekombinat. So weit muß der Vater fahren, jeden Tag. „Einmal ist Schluß damit", hat er gesagt. „Zwecks Verkürzung der Anfahrtszeit zum Arbeitsplatz" steht auf dem Schein. Die neue Stadt liegt ein paar Kilometer nur vom Chemiekombinat entfernt. Der Vater steigt in die Schnellbahn, in zehn Minuten ist er dort.
Jemand kommt Jella entgegen, die Zippkendorfer Straße herauf. Aus dem Jemand wird Betti Kojanke. Jella erkennt sie an dem langen, bauschigen Rock. Wie eine trippelnde Kaffeemütze kommt sie auf Jella zu, rotwangig, schniefend von der Anstrengung bergauf. Ein kleiner dünnzopfiger Kauz thront auf ihrem krausen Haar.
Betti Kojanke ist eine betuliche Frau. Von allem Federvieh der Genossenschaft wird sie umschnattert und umgackert, wenn sie mit ihren Futtereimern die Tröge füllt, weil der Futterautomat

schon wieder einmal nicht funktioniert. Dennoch: Jella mag Betti Kojanke nicht. Betti behandelt Jella wie eine halbe Portion. Mit dreizehn Jahren, mit zwölf, mit elfeinhalb genau, ist man keine halbe Portion mehr. Wenn Jella sich auch noch so verständig in ein Gespräch mit Betti Kojanke einläßt, am Ende heißt es: „Mädje, das verstehst du nicht, nej, nej." Im letzten Kriegsjahr ist Betti Kojanke aus Ostpreußen nach Blauhügel gekommen. Ein ächzender Handwagen war mit dem nötigsten Hausrat beladen. „Da warst du noch nicht auf der Welt, Mädje, da hab ich die Heimat verlassen müssen, da war alles noch schwer damals, da lebst du heute wie der liebe Gott." Als ob Jella nicht wüßte, was damals war! Im Geschichtsunterricht sorgt Fräulein Weidmann dafür. Kriegsende und 8. Mai und Gründungstag der Republik – Betti Kojanke hat keine Ahnung, was das Mädje alles weiß, ohne dabeigewesen zu sein. Und jetzt würde es platzen, wenn es in diesem Augenblick an Betti Kojanke vorbeilaufen sollte, ohne ihr die Nachricht entgegenzuschmettern: Das Mädje zieht fort von Blauhügel, es zieht nach Steinberke, in die beste, die neueste Stadt, von der in den Zeitungen geschrieben wird und von der die Besucher behaupten, eine solche Stadt hätten sie noch nicht gesehen.

Betti Kojanke steht sprachlos vor Jella. Sie würde Jellas Nachricht mit einem Wortschwall beantworten, hätte sie augenblicklich nicht anderes im Kopf. Sie ist grantig, man schikaniert sie, man will ihr die Masthähnchen nicht abnehmen, da ist sie gleich selbst zur Abnahmestelle gelaufen. In fünfzig Tagen hat sie die Hähnchen auf ihr Gewicht gebracht. „Und nun lassen sie mich drauf sitzen. Aber du unkst doch bloß mit deiner Geschichte?"

Jella unkt nicht. Sie hat es selbst gelesen: „Die Familie Rehbein ist berechtigt, mit Rehbein Heinz, Rehbein Marlis und Rehbein

Jella in der neu erbauten Chemiearbeiterstadt Steinberke eine Dreieinhalbzimmerwohnung zu beziehen, Block siebenhundert, Haus drei, Wohnung vierzig, zehnter Stock."
Betti Kojankes dünnzopfiger Dutt gerät vor Empörung ins Wanken. Block siebenhundert, wenn sie so etwas hört, dann sieht sie gleich sechshundertneunundneunzig Blöcke um diesen siebenhundertsten herum. Allein schon der Gedanke macht sie kribbelig. „Wie soll sich da einer drin zurechtfinden? Nej, nej, was fang ich nun bloß mit den Hähnchen an?"
Jella ist enttäuscht. Begreift Betti Kojanke nicht? „Irgendwer ist ausgefallen, da haben sie den Vater an dessen Stelle gesetzt, und er hat zugesagt."
„Das sieht ihm ähnlich! Alles für den Chemiekram, den neumodischen, weiter hat er nichts im Kopf, wechselt sein Dorf wie ein Hemd, und dir kann es nicht schnell genug gehen."
Auf Blauhügel läßt Jella nichts kommen, als ob Betti Kojanke das nicht wüßte! Eins allerdings weiß sie nicht und wird es von Jella auch nicht erfahren. Abends, manchmal vor dem Einschlafen, dann wird Jella Blauhügel zu eng in ihren Gedanken. Dann ist eine Unruhe in ihr, eine Vorstellung, halb schon im Traum: Die Welt ist anderswo als in Blauhügel.
„Und Zorre?" fragt Betti Kojanke. „Was machst du mit Zorre? Du hast sie großgezogen."
Jella wirft ihre schwarzen Zöpfe über die Schulter zurück und läuft Betti Kojanke davon. Betti Kojanke sieht ihr nach und bläst einen Seufzer durch die Nase. Ihre Gedanken brauchen Zeit. Eben noch waren sie mit den Masthähnchen beschäftigt, jetzt sickert die Nachricht vom Umzug der Rehbeins dazwischen. Was wird, wenn die Rehbein-Marlis wegzieht? Wer kümmert sich um das Futterfeld? Das hat das Mädje natürlich nicht bedacht. So eine wie die Rehbein-Marlis bekommen sie in der

Genossenschaft so bald nicht wieder. Und so eine wie das Mädje, was will so eine in der Stadt, mit Gummistiefeln und aufgekrempelten Ärmeln?

Jella schlägt Betti Kojankes Bedenken unbekümmert in den Wind. Noch ist sie dem verheißungsvollen Augenzwinkern des Vaters näher als Betti Kojankes Seufzer. Was zetert sie um Zorre? Zorre kommt mit.

Es ist eine alte Geschichte zwischen Jella und Zorre; so alt wie Zorre selbst, einen gelben Herbst und neunundneunzig frostharte Wintertage, einen nieseligen März und einen windigen

April dazu. Zorres Mutter starb, als Zorre einen Tag am Leben war und mit dünnem Meckern nach Milch rief.

In der Küche saß Jella mit den Eltern beim Abendbrot. Was sollte aus Zorre werden?

Jellas Vater konnte sich um Zorre nicht kümmern. In seiner Abteilung lief der einhundertzweiundzwanzigste Versuch, die erste, vollinstallierte Raumzelle aus Plast herzustellen, einschließlich Fensterrahmen.

Auch Jellas Mutter konnte sich um Zorre nicht kümmern. Der dürre Sommer und das späte Frühjahr hatten Futternot über das Dorf gebracht. Deshalb hatten die Feldbauer von Blauhügel in der vergangenen Woche einen Entschluß gefaßt, gegen die Futternot. Sie wollten die steinige Erlenkippe hinter dem Dorf in ein wogendes Futterfeld verwandeln. Jellas Mutter würde damit alle Hände voll zu tun haben.

War da niemand, der sich um Zorre kümmern konnte?

„Ich mach das", sagte Jella, „ich zieh sie groß."

Am nächsten Morgen, ehe sie zur Schule ging, lief sie mit der Flasche in den Stall. Sie kauerte sich ins Stroh, doch Zorre hob nicht einmal den Kopf. Sie lag da, klein und mickrig, sie wollte nicht trinken. Die Milch lief in Jellas Jackenärmel statt in Zorres Maul.

Solange sie beide so ungeschickt miteinander waren, zog Jella die Stalltür jedesmal hinter sich ins Schloß, wenn sie Zorre die Milch brachte. Nicht einmal Toni Patzelt erzählte sie davon, obwohl er neben ihr sitzt in der Klasse; nicht einmal Freitag, der eigentlich nur deshalb Freitag heißt, weil er Jella nie im Stich läßt, wenn sie am Ufer des Wälser Schachtteichs zusammen Robinson spielen.

Am vierten Tag ließ Jella die Tür zu Zorres Stall weit offenstehen. Zorre hielt sich schwankend auf den Beinen, als

Jella in den Stall kam. Kein Tropfen Milch rollte in Jellas Jackenärmel hinein. Zorre sog an der Flasche, bis sie leer war.
„Wenn ihr wollt, zeig ich euch was", sagte Jella, als sie mit Freitag und Toni aus der Schule nach Hause schlenderte. Freitag wartete neugierig an der Küchentür.
Als Jella die Flasche mit Milch aus der Wärmeröhre nahm, fing Toni an zu kichern.
„Bist ganz schön drollig", sagte Jella und ging an ihm vorbei.
Freitag lief hinter Jella her zum Stall. Alles klappte, Zorre reckte den Hals, sie sog und schluckte. Um ihren Kopf ringelten sich weiße Zickenlocken, weich wie Daunen.
„Laß mich mal", sagte Freitag und nahm Jella die Flasche aus der Hand. Eine Stunde später wußten es die anderen Kinder. Gundel und Katrin, die beiden Zwillingsschwestern aus der Konsumbäckerei, steckten die Köpfe zur Stalltür hinein, dann erzählten sie es jedem, der mit einer Tüte voll Brötchen aus dem Laden kam: Bei Rehbeins haben sie ein Flaschenzicklein; ein Angorazicklein mit einem weißen Lockenfell.
Inzwischen ist Zorre längst kein spilleriges Zicklein mehr. In der Wärmeröhre steht neben Jellas Mittagessen eine Schüssel mit Haferflockenschleim. Zum Haferflockenschleim kommt eine Handvoll Heu. Zorre wartet an der Stalltür. Wenn Jella die Stalltür offenstehen läßt, läuft Zorre ihr nach bis in die Küche.
„Da hast du dir ganz schön was eingebrockt", sagt Toni, wenn Jella beim Spielen auf sich warten läßt, „immer hast du die dämliche Zicke am Hals." Toni mag Ziegen nicht. Er macht sich nichts aus Tieren, sagt er. Sie stinken, und laufen sie weg, dann muß man sie suchen. Und laufen sie ständig hinter einem her, dann ist es erst recht lästig. Zugegeben: Jella muß sich um Zorre kümmern, morgens und mittags und abends, jeden Tag. Wenn sie nicht pünktlich zur Stelle ist, meckert Zorre, daß man es drei

Häuser weit hört. Doch wer glaubt, daß Jella sich deshalb von Zorre trennen würde, kennt sie nicht.
Mit einem Satz springt Jella über den Graben hinüber auf den Kartoffelacker. Die Stiefel drücken eine Spur in den lockeren Boden. Es riecht nach Frühjahr, nach frischer Erde und braunem Saatbett.
In breiter Front sind die Feldbauer zum Kartoffellegen angetreten. „Legst mi im April, komm i, wann i will. Legst mi im Mai, komm i glei." Den Vers hat Jella von Freitag. Freitag hat ihn von Timpe. Timpe ist auf eine gute Kartoffelernte angewiesen. Er ist der Schweinemeister von Blauhügel. Achthundertachtzig Schweine; kleine, große, weiche, borstige, quiekende, grunzende. „Die putzen was weg", behauptet Timpe. Die Feldbauer aber warten den Mai nicht ab, sie legen die Kartoffeln, trotz Timpes Mahnung und ohne den Rat des hundertjährigen Kalenders zu befolgen.
Drei Traktoren walzen Jella entgegen; beim zweiten erkennt sie die Mutter. Sie steht im blauen Feldanzug auf dem Hänger, die Kisten mit den vorgekeimten Kartoffeln stapelweise neben sich.
Der Traktor ruckt an. Die Mutter fängt seine Stöße ab. So sicher steht sie auf dem Hänger, als hätte sie festen Boden unter den Füßen. Jella wird zu ihr hinaufklettern, sonst frißt das Motorengedröhn ihr die Nachricht weg.
Was wird die Mutter sagen, wenn Jella vor ihr steht, was für ein Gesicht wird sie machen? Eines wie Betti Kojanke: Du unkst ja – oder wird sie gar nichts sagen, nur die karierte Feldmütze aus der Stirn schieben, auf die verwegene Tour, wie der Vater es nennt?
Sie sieht Jella kommen. Die letzten Schritte rennt Jella, stolpert. Dann schwingt sie sich hinauf auf den Hänger.

II

Nur hinter wenigen Fenstern der Häuser von Blauhügel brennt am Abend Licht. Es fällt aus den breiten Doppelfenstern der Wohnstuben hell in die Vorgärten ein. Beim Fernsehen später bleibt nur ein matter Schein hinter den Gardinen.
Nach allem, was heute vorgefallen ist, müßte Rehbeins Haus im Dunkel liegen bis auf das breite Doppelfenster. Hinter diesem Fenster müßte Jella mit den Eltern am runden Tisch sitzen, und die Nachricht vom Umzug müßte die Fernsehstunde verdrängen, und das Fenster wäre das hellste im ganzen Dorf.
Alles ist anders gekommen.
Jella hockt im Schneidersitz auf ihrem Bett, den Rücken gegen den Bettpfosten gelehnt. Der Kirschbaum draußen im Hof nimmt eine Handvoll Wind und kratzt mit seinen Zweigen gegen die Fensterscheibe. Jella hört es kaum. Der Abend ist verdorben. Sie begreift nicht, wieso der Vater sie wegschicken konnte, einfach so vom Abendbrottisch weg, kaum daß das Geschirr abgeräumt war. Wenn solch eine Nachricht, die alles verändert, plötzlich in den Tag hineinplatzt, dann braucht sie jemand, mit dem sie darüber reden kann. Anfangs verlief das Abendessen so, wie sie es erwartet hatte. Der Vater erzählte, wie es werden wird in Steinberke. Er hat die hohen Häuser gesehen. „Häuser bis in den Himmel hinein. Und Dachgärten gibt es und Fahrstühle, die bringen dich bis in den zehnten Stock hinauf und höher. Sehen kannst du von da oben aus wer weiß wie weit."
„Wie weit? Bis nach Blauhügel?"
„Blauhügel schwimmt zwischen den Feldern wie ein winziger Klecks."
„Und die Erlenkippe?"
„Kommt dir vor wie ein Fingerhut."
Die Mutter blieb so wortkarg wie am Nachmittag auf dem

Kartoffelacker. Wenn sie mit etwas nicht fertig wird, verschließt sich ihr Gesicht, und ihre Nase wird spitz, obwohl sie eigentlich so stupsig ist wie Jellas Nase, klein und stupsig. Das Gespräch der Eltern schleppte sich mühsam hin. „Eine Tasse Tee noch?“ – „Eine halbe.“

Das mit dem Fingerhut hätte der Vater nicht sagen sollen, weil sie seit Wochen schon in der Genossenschaft alles dransetzen, daß aus der Erlenkippe ein Futterfeld wird. Aber vielleicht hat Betti Kojanke recht, vielleicht denkt er wirklich nur an seinen Chemiekram, und die Erlenkippe ist für ihn so nichtig wie ein Fingerhut.

Etwas lag in der Luft. Jella hat ihre Erfahrungen. Immer wenn bei den Erwachsenen etwas in der Luft liegt, finden sie einen Grund, die Kinder wegzuschicken. Du siehst müde aus, sagen sie, geh ins Bett. Oder: Sieh dir deine Schularbeiten noch einmal an. Als ob sie so etwas nicht durchschaute! Weshalb darf sie nicht dabeisein, wenn die Eltern über den Umzug reden? Es ist ihr Umzug ebenso wie der Umzug der Eltern. Außerdem könnte sie dem Vater beistehen, sie könnte ihm helfen, die Mutter zu überzeugen, wenn sie Einwände hat. Und Einwände hat sie. Auch daß die Genossenschaft die Mutter nicht weglassen will, weiß Jella längst.

Als sie vom Kartoffelhänger heruntersprangen, hatte Betti Kojanke bereits dafür gesorgt, daß alle im Dorf Bescheid wußten; Theo Timpe, der Schweinemeister, und Klaus Kürbs, der Vorsitzende der Genossenschaft.

Klaus Kürbs stand in der Tür zur Baracke und tippte mit dem Zeigefinger gegen die wellige Krempe seines grünen Filzhutes. Dann ging er auf die Mutter zu. Sie gab die leeren Kartoffelkisten vom Hänger herunter. Für Jella hatte Klaus Kürbs nicht einen einzigen Blick. Wenn er ihr eine Bestellung aufträgt: Sag doch

mal eben der Mutter Bescheid; oder wenn das Telefon streikt, dann darf sie auf seinem Fahrrad durch die Gegend flitzen, nach Wippkendorf rauf, nach Zippkendorf runter. Heute nachmittag aber hatte er nur Augen für die Mutter. Ein schöner Schlamassel, sagte er. Wieso ein Schlamassel, wo er selbst schon so viele Umzüge hinter sich hat? Blauhügel ist seine dritte Genossenschaft.
Pausenlos könnte Jella ihm zuhören, wenn er davon erzählt, wie es zugegangen ist, erst im Oderbruch, dann in Mecklenburg, erst auf dem Traktorsitz, dann auf dem Studierstuhl und nun hier. Betti Kojanke schlägt bei dem Gedanken an solch eine Marschroute die Hände über dem Kopf zusammen: „Nej, nej, Hejmat bleibt Hejmat." Klaus Kürbs lacht darüber. „Ach was, wo wir sind, ist überall Heimat." Er stopft die Hände in die Taschen seiner Lederjoppe; an dieser speckigen Lederjoppe hängt für Jella der Geruch von Oderbruch und Mecklenburg, von Traktorenöl und Hörsälen. Kein Wunder, daß sie sich lieber in der Nähe der Baracken bei Klaus Kürbs zu schaffen macht als auf Betti Kojankes Hühnerhof. Und eben deshalb begreift sie nicht, weshalb dieser Umzug ein Schlamassel ist. Die Mutter antwortete Klaus Kürbs, sie müsse erst mit dem Vater reden, sie wisse selbst nichts Genaues. Dabei hat Jella es nicht nur genau, haargenau hat sie es ausgerichtet: In drei Wochen ziehen sie. Der Einweisungsschein liegt auf dem Tisch. Ein Wohnungsanwärter ist ausgefallen. Und weil der Vater für das Kombinat wichtig ist, rückt er nach im Zuge der Maßnahmen zur Verkürzung der Anfahrtszeit zum Arbeitsplatz. Was ist daran ungenau?
Betti Kojanke kam mit Timpe-Theo von den Ställen herübergelaufen. Sie lamentierte: Was sie das Kombinat angehe, und überhaupt, wenn eine Sache nach dem einhundertzweiundzwanzigsten Versuch noch nicht perfekt sei, wer dann

noch an die Raumzelle glauben solle. Sie ereiferte sich immer mehr. Ihr Groll brauchte einen Schuldigen; der Schuldige war nach Betti Kojankes Meinung der Vater. „Ist er nicht sieben Jahre lang mit dem Bus zur Arbeit gefahren? Auf einmal soll es nicht mehr gehen?“

Timpe stand neben Betti Kojanke, krummbeinig wie ein Wurzelmännchen, und wiederholte ihr Lamento. „Was geht uns der Chemiekram an!“ – „Jawohl, was geht uns der Chemiekram an!“

Klaus Kürbs aber, ist er den beiden ins Wort gefallen? „Du mußt verstehen, daß mir die Haut näher ist als das Hemd“, hat er auf dem Heimweg zu Jella gesagt. „Nichts gegen die Maßnahmen des Kombinats. Sie haben ihre Sorgen und wir die unseren. Sie wollen ihren Meister der Chemie und wir unseren Feldbaubrigadier. In den Ställen brüllt das Vieh nach Futter. Stopf mal den Kühen die Mäuler, wenn kein Futter da ist. Kein Futter, keine Milch, kein Fleisch, keine Eier. Wenn aber die Feldbauer genügend Futter heranschaffen, liegen wir mit den Wippkendorfern vornan im Rennen.“ Jella hatte nur darauf gewartet, daß jetzt einer seiner Sprüche kam, so forsch und stimmig, daß man nichts dagegensetzen konnte. Und prompt geschah es. „Vornan, vergiß das nicht, vornan weht der Wind am frischesten.“

Jella malt mit dem Finger Kringel auf die Bettdecke. Den frischen Wind mag sie nicht weniger als Klaus Kürbs. Trotzdem hat er sie enttäuscht, genauso wie Freitag.

„Warum freust du dich nicht“, hat sie Freitag gefragt, „wenn du mein Freund bist, mußt du dich freuen.“ Freitag hat den Kopf geschüttelt. Zum ersten Mal hat er sich anders verhalten, als Jella es sich wünscht, als sie es von ihm gewohnt ist. Soviel ist gewiß: Das Dorf hat sich in zwei Lager geteilt. Auf der einen Seite

stehen allein der Vater und Jella – und vielleicht noch Bruno Jennert. Er kam an den Zaun, der seinen Garten von Rehbeins Grundstück trennt. Zu allem, was Jella berichtete, sagte er nur: „Alle Wetter!"
Für Jella war dieses Wort Zuspruch und Ermunterung nach dem, was sie auf dem Hof der Genossenschaft und vor der Baracke gehört hatte. Bruno Jennert ist ein Schlauer oder ein Weiser oder beides. Er kann es sich leisten, „Alle Wetter" zu sagen, er gehört nicht zur Genossenschaft. Das Futterfeld auf der Erlenkippe braucht er nicht, er hat nie ein Futterfeld gebraucht. Rucksackbauer nennt ihn Timpe. Alles, was seine Kaninchen an Futter nötig hatten, trug er im Rucksack von den Rändern der Straßengräben heim. Sein Feld aber war der Tagebau und seine Ernte die Kohle. Wo heute der Wälser Schachtteich liegt, hat er im Tagebau den Bagger gefahren. Die Erlenkippe ist unter seinen Augen gewachsen damals. Viele Sätze fängt Bruno Jennert mit „damals" an; doch kann es ihm deshalb gleichgültig sein, was aus der Erlenkippe wird? Die beiden Familien wohnen seit vielen Jahren nebeneinander, und die Suppe für Bruno Jennert kocht auf Rehbeins Herd, wenn er krank ist. Kann es ihm da gleichgültig sein, wenn neue Nachbarn einziehen? Was steckt dahinter, wenn einer wie Bruno Jennert „Alle Wetter" sagt?
Das Kratzen der Zweige an den Fensterscheiben schürt Jellas Unruhe. Unerträglich wird es, auf dem Bett zu hocken und zu warten. Worauf? Daß es der Mutter gelingt, den Vater umzustimmen und hierzubleiben, den Schein zurückzugeben? Vielleicht fällt die Entscheidung zwischen den Eltern jetzt, in diesem Augenblick.
Jella läuft aus dem Zimmer, die Treppe hinunter. Im Treppenhaus hört sie die Stimmen der Eltern so laut, daß sie jedes Wort verstehen muß.

Die Mutter ist erregt, ihre Stimme klingt fremd. Jetzt ist auch in der Antwort des Vaters nichts Beschwichtigendes mehr. Jella erschrickt. Weshalb geht sie nicht die wenigen Schritte zum Wohnzimmer hin, weshalb bleibt sie an der Treppe stehen wie ein Lauscher?
Härter wird die Stimme der Mutter, zorniger die des Vaters. Feindselige Stimmen sind es, nicht die Stimmen der Eltern, die sie kennt, die ihr vertraut sind, so vertraut, daß Jella sie nachahmen könnte. Diese hier hört sie heute zum erstenmal. Plötzlich ist Stille. Sie nimmt Jella die Luft zum Atmen. Solange die Eltern miteinander stritten, war nichts endgültig. Schlimmer als der Streit ist das Schweigen.
Mit jedem Augenblick wächst Jellas Angst. Kein Wort, kein Laut mehr.
Die Angst treibt Jella aus dem Haus.
Draußen ist es dunkel. Als sie die Hoflampe einschaltet und der Kirschbaum seinen Schatten über die Pflastersteine zur Stalltür wirft, fällt ihr Zorre ein. Sie schiebt den Riegel zur Stalltür auf.
Zorre schläft. Was weckt Jella sie auf? Bringt sie Möhren? Nicht einmal Möhren bringt sie, ihre Hände sind leer. Zorre blinzelt. Sie wollte schon den Kopf heben und sich aufrichten, nun läßt sie es sein.
Jella setzt sich neben Zorre ins Stroh. In dem dämmrigen Stall wird ihre Angst nur größer. Weshalb ist die Mutter gegen den Vater so heftig geworden? Weshalb kann sie nicht ja sagen? Sie hat ihre Arbeit und will sie nicht hergeben. Ist Arbeit so wichtig? Wichtiger als der Vater?
Du mit deiner Raumzelle, und: Du mit deiner Erlenkippe – solche Worte hat es oft gegeben. Die Eltern sagten sie halb im Scherz. Jeder ließ den anderen seiner Arbeit nachgehen. Ihr Verständnis war wie eine Brücke zwischen ihnen, und die Brücke trug.

Vorhin aber war etwas in ihren Stimmen, das gab den Worten einen unversöhnlichen Klang. Die Brücke hat geschwankt. Solange der eine dem anderen nicht dreinredete, war leicht scherzen. Jetzt ist es anders: Einer muß verzichten, aufstecken um des anderen willen. Die Mutter sagt, sie steckt nicht auf. Sie braucht die Felder, und die Felder brauchen sie. Sie wird die Genossenschaft nicht im Stich lassen. Jella kennt die Mutter, sie hätte es wissen müssen: Die Mutter gibt nicht auf, nie hat sie aufgegeben, was sie sich vorgenommen hat.
Was aber wird, wenn die Mutter hierbleibt? Wird der Vater trotzdem nach Steinberke ziehen? Mit Streit und Zank, so hat es bei Freitags Eltern auch angefangen. Nun ist Freitags Vater fort. „Alles ist kaputt", hat Freitag gesagt. Jella stellt sich den runden Tisch im Wohnzimmer vor, den leeren Platz des Vaters.
Das Stallicht flackert. Sein Schein fällt auf die alte Futterkiste, auf das Heu in der Ecke. Jellas Hände sind kalt. Sie mag nicht zurückgehen ins Haus, vielleicht haben die Eltern von neuem angefangen zu streiten, vielleicht sind sie auseinandergegangen ohne ein gutes Wort.
Jella steckt die Hände in Zorres Lockenfell und spürt Zorres Wärme. So findet sie der Vater. Jeden Abend, bevor er zu Bett geht, guckt er noch einmal in Jellas Zimmer. Das tat er, als sie klein war, das ist so geblieben. Wenn er noch soviel tagsüber um die Ohren hat, diese Gewohnheit läßt er sich nicht nehmen.
Er hat die Tür aufgeklinkt. Jellas Bett war leer. Die Mutter sah das Hoflicht brennen, sah die Stalltür offenstehen. Sie wartet im Treppenhaus, als Jella aus dem Stall kommt. Der Vater schließt die Haustür zu.
„Morgen", sagt die Mutter, „wir reden morgen." Jella geht die Treppe hinauf. Sie friert.

III

Der Morgen verläuft so wie immer. Die Eltern sind frühzeitig schon aus dem Haus gegangen. In der Küche auf dem Tisch steht die Thermosflasche, daneben liegt das Frühstück.
Jella sitzt am Küchentisch, in ihren dunklen Kordhosen, im roten Pullover. Sie ist unausgeschlafen. In der Nacht ist sie aufgewacht. Sie hat geträumt, sie wollte fortlaufen, doch ihre Füße waren schwer und hielten sie am Boden fest.
Bis zum Beginn des Unterrichts bleibt noch genügend Zeit, mindestens eine halbe Stunde. Doch Jella hat es plötzlich eilig. Sie steckt das Frühstücksbrot in die Schultasche, läuft zum Stall und versorgt Zorre, dann verschließt sie hastig das Haus.
Statt der Straße, die zur Schule führt, nimmt Jella den Weg hinter den Gärten vorbei, durch die Wiesen, einen schmalen Weg mit halbhohen Brennesselstauden an den Zaunrändern. Gedanken, die der Nachmittag gestern verdrängte, kehren in ihr Bewußtsein zurück. Der Wurf der Schecke fällt ihr ein. Wie konnte sie den Wurf der Schecke vergessen!
Seitdem in dem alten Kuhstall von Timpe eine Station eingerichtet ist und Klaus Kürbs ihrer Klasse den Versuch mit den Kaninchen übertrug, hat Jella den Kreuzungstick. „Ich an eurer Stelle würde mir ganz was Neues einfallen lassen", hat Klaus Kürbs gesagt, „eine Rasse, die alles beieinander hat, viel Fleisch, ein weiches Fell und große Würfe dazu. Mit den alten Zuchten kriegt ihr keine Steigerungen mehr." Toni Patzelt lacht über den Aufwand mit den Kaninchen. Keine Ahnung hat er vom Kreuzen; in Bio eine Eins, aber keine Ahnung vom Kreuzen.
Es ist unverständlich für Jella, daß niemand bisher es fertiggebracht hat, die neue Rasse zu züchten. Sie hat im Herbst zwei wilde Kaninchen gezähmt, sie bringen doppelt so viele Junge zur Welt wie die Hauskaninchen. Dagegen haben die Haus-

kaninchen das bessere Fell und mehr Fleisch obendrein. Jella hat Feld- und Hauskaninchen zusammengesperrt. Freitag hat sie gefüttert und die Boxen ausgemistet. Heute, spätestens morgen ist es soweit, dann kommt diese neue Rasse zur Welt, nicht mit Brimborium in einem berühmten Tierzuchtinstitut, sondern in einem kleinen Stall in Blauhügel.
Als Jella auf der Station ankommt, pumpt Timpe Luft in die Schläuche seines Fahrrades. Die erste Schicht ab fünf Uhr früh hat er hinter sich, jetzt rüstet er zur zweiten.
Jella will mit einem Gruß an Timpe vorbei zur Station hin, doch Timpe richtet sich auf. „Wenn du zur Schecke willst, die hat ohne dich geworfen." Das klingt nicht sehr freundlich. Timpe ist nie sonderlich freundlich zu Jella. „Sie dirigiert dich mit ihren jenjalen Einfällen, und du flitzt", hat er neulich zu Freitag gesagt. Freitag hat gegen diese Regelung nichts einzuwenden, einer muß immer flitzen. Timpe aber mag Mädchen mit jenjalen Einfällen nicht. Nach seiner Meinung stehen die guten Einfälle den Jungen zu, und die Mädchen haben zu flitzen. Es paßt ihm nicht, daß Jella auf der Station den Ton angibt, sie führt das Stallbuch und die Listen. Freitag wäre ihm lieber. Er ist nicht flink und keß wie Jella, doch wenn er die Stallgasse kehrt, ist jede Ecke rein gefegt. Die Futterschalen hält er sauber, und das Wasser in den Näpfen ist klar. Also hat Timpe Freitag auf die Station geholt, als er sah, daß die Schecke warf.
Die Tür zur Station steht einen Spaltbreit offen. Der Wind schlägt sie zurück. Sie knarrt in den rostigen Angeln.
Im Stall hantiert Freitag, den Rücken der Tür zugekehrt. Er wendet sich nicht um, als Jella näher kommt.
In der Box hockt die Schecke. Sie muffelt und sieht Jella unverwandt entgegen. Sieben Junge hat sie geworfen. Sie liegen satt getrunken dicht beieinander im Stroh.

Einen so großen Wurf hat die Schecke noch nie gehabt. Niemand hätte das für möglich gehalten, als Jella die Kaninchen zusammensperrte; als eines das andere blutig biß und die Fellfetzen flogen; als nichts aus der Kreuzung werden wollte und Toni unkte: „Das schafft ihr nie."
Nun steht Jella neben Freitag vor der Box. Sie recken die Hälse und beobachten die Schecke mit ihren schlafenden Jungen. Vor Freude müßten ihnen die Worte über die Lippen hasten. Diesen Augenblick haben beide sich ausgemalt und vorausgedacht. Doch da ging alles noch seinen gewohnten Gang; da gab es die Nachricht vom Umzug noch nicht und Jellas Unruhe und Freitags verstörtes Gesicht.
Schließlich ist es Jella, die redet. Das Fell der Jungen ist trocken, beim ersten Blick hat sie das erspäht. „Sag bloß, sie hat schon gestern geworfen."
„Hat sie."

„Ganz schön happig von dir, mir nichts zu sagen."
„Wenn du was andres im Kopf hast."
Was andres ..., das muß er doch verstehen, daß man vor Freude alles vergessen kann. Das versteht er nicht, und es gibt Augenblicke, da fürchtet er sich vor der Unruhe in ihr; einer Unruhe, die sie fortdrängt von Blauhügel. Einmal hat sie ihm davon erzählt. Dann sei ihr hier alles zuwenig, hat sie gesagt; dann mag sie sich selber nicht mehr, ihre Hände, ihre breiten Backenknochen, ihre schwarzen Zöpfe. „Dann möchte ich blond sein und schmal, mit einem Milchgesicht. Und ich möchte auch nicht immer nur die Gleiche sein müssen. Mal Robinson und mal ein berühmter Arzt und dann wieder ein großer Züchter, der alles durcheinanderkreuzt." Ein gläsernes Tierhaus möchte sie bauen, „unten für die großen Tiere, die keine Treppen steigen können; weiter oben für die Hunde und Katzen. Ganz oben dann schwirren Vögel rein und raus; Tauben und Meisen, und auch die, die sonst immer nur in Käfigen hocken müssen. „Machmal", hat sie gesagt, „da stelle ich mir alles ganz anders vor, da bin ich selber eine andere." Er hat sie verständnislos angesehen.
„Was du so redest. Du bist Jella."
„Eben", hat sie geantwortet, „ich bin Jella." Daran muß er jetzt denken, doch er sagt kein Wort. Er weiß, wie das ist, wenn einer fortgeht. Rehbeins Haus wird leer sein; so leer, wie der große Speicher, wenn alles Korn raus ist. Die Stimmen werden von den Wänden widerhallen, und jedes Wort wird dreimal so laut zurückkommen. Diese Vorstellung von Leere macht Freitag hilflos. Was soll aus der Station werden ohne Jella? Was aus der Höhle am Wälser Schachtteich, gerade jetzt, wo sie mit einer Zeltplane ausgelegt ist, regendicht?
Seitdem Freitags Vater in ein anderes Dorf zog, hängt Freitag um so mehr an allem, was ihm blieb, an der Mutter, an Arthur,

dem schwarzen Kater, und an Jella. Er wirft der Schecke eine Handvoll Futter in die Box und verriegelt die Stalltür.
Jella denkt nicht darüber nach, wie Freitag zumute ist. Sie hat ihren eigenen Kummer, mit dem sie nicht fertig wird. Nach dem vergangenen Abend und dem Streit der Eltern braucht sie Freitags Verständnis. Wenn er sich jetzt nach ihr umwenden würde: „Ich hab es mir überlegt, das mit dem Umzug ist eine Wucht" – das wäre ein Freitag, wie sie ihn sich wünscht.
Doch Freitag bleibt stumm. Sie redet auf ihn ein und baut die Stadt vor ihn hin mit allem, was sie von ihr weiß. Er soll endlich begreifen, was das für eine Stadt ist, die sie erwartet.
„Sogar aus Afrika kommen sie und gucken sich das an. Ein ganzes Dorf hat Platz in einem einzigen Hochhaus."
„Weiß ich. Weiß ich alles."
„Na und?"
„Na und! Was machst du mit Zorre?" Daran wenigstens soll Jella doch denken! „Platz für ein ganzes Dorf in einem einzigen Hochhaus, für Zorre haben sie keinen. Und Zorre mitnehmen? Du spinnst ganz schön."
Freitag läßt sich in diesem Punkt nicht dreinreden. Was war, ist aus und vorbei. Auch das mit Zorre. Ein Umzug ist ein Schlußstrich. Wenn es nach Freitag ginge, würde es keine Umzüge geben.
Sie gehen nebeneinander auf dem Wiesenweg. Der Schimmel und die Schwarze, ein ungleiches Gespann, hat Timpe sie genannt. Freitag rund und sommersprossig; Jella einen Kopf größer und seinen kurzen Beinen um einen Schritt voraus. Doch Timpes Behauptung, daß Jella die Richtung angibt und Freitag folgt, ist nur die halbe Wahrheit. Es gibt Augenblicke für Jella, in denen hat Freitags Wort mehr Gewicht für sie als das eigene; Augenblicke, in denen sie seinem Urteil vertraut.

Ein solcher Augenblick ist da. Als Betti Kojanke die Frage nach Zorre stellte, schlug Jella sie in den Wind. So unwichtig, so töricht war sie, daß sie mit dem Wind verging. „Eine Ziege in einer Stadt“, als Freitag das sagt, überkommen Jella zum erstenmal Zweifel, Unsicherheit und die Ahnung: Freitag hat recht, er wird recht behalten.
Es klingelt schon zum Unterricht, als sie in der Schule ankommen. Ihre Schuhe sind naß vom Tau. Zerstreut sitzt Jella neben Toni Patzelt auf ihrem Platz. „Wodurch unterscheidet sich ein Maulwurfsbau von dem Bau einer Wühlmaus?“ Niemand weiß das so anschaulich zu beantworten wie Jella. Doch sie meldet sich nicht.
In der Pause wird sie umringt. Ein Umzug stellt ungezählte Fragen. „Nun red schon!“ Gundel und Katrin, die beiden Zwillingsschwestern, weichen nicht von Jellas Seite, in ihren Augen sitzt das Staunen wie in runden Puppenaugen. Jella ist plötzlich die Lust vergangen, sich bestaunen, sich ausfragen zu lassen. Sie hastet heim am Mittag, nur die eine Frage im Sinn.
Die Haustür ist nicht mehr verschlossen. Statt der Mutter, deren Anwesenheit Jella zur Mittagszeit erwartet, trifft sie den Vater. Er sitzt im Wohnzimmer am Schreibtisch. Sie hat ihren Anorak noch nicht an den Haken gehängt, an der Tür schon überfällt sie den Vater mit der Frage.
Die Pause nach der Frage wird länger. In das Schweigen schleicht sich eine Hoffnung ein: Der Vater hat die Schwierigkeit mit Zorre längst bedacht und einen Ausweg gefunden: Zorre kommt mit. Sie will, die Freude soll schattenlos sein, und ahnt, sie ist es nicht.
„Zorre bleibt da.“ Er hat jetzt andere Sorgen, er muß zusehen, wie er mit der Mutter einig wird, da kommt Jella ihm auch noch mit ihrer Ziege dazwischen.

Jella lehnt an der Tür. Wenn er jetzt wenigstens sein dickes, schwarzes Schreibheft für einen Augenblick zuklappen und mit ihr reden würde: Nun mach nicht gleich solch ein Gesicht, ich versteh dich ja. Und wir wollten doch immer beide mal raus hier. Oder wenn er sie teilhaben ließe an seinen Sorgen, vielleicht wäre ihr dann nicht ganz so elend zumute. Statt dessen spürt sie seine Ungeduld.

Er blättert in dem dicken Heft, dann liest er sich darin fest. Die Frage nach der Ziege hat er schon vergessen. Er nimmt den Bleistift zur Hand, schreibt und rechnet.

Jella kennt das, wenn er alles um sich her vergißt. Danach tut es ihm leid. Er kommt dann plötzlich in ihr Zimmer und setzt sich zu ihr, als hätte er ein schlechtes Gewissen. Ganz unvermittelt fragt er: „Was machst du so?" Und: „Wie geht es dir?" Ulkig findet sie das. Später nimmt ihn die Arbeit wieder in Anspruch; er sieht über Jella hinweg, als sei sie nicht vorhanden, so wie jetzt. Er rechnet, streicht Zahlen aus und Formeln, rechnet wieder. Plötzlich hebt er den Kopf: „Was ist denn, Jella? Was machst du für ein Gesicht? Du freust dich doch? Freust du dich?"

IV

Auf der Insel Fernandez ruft der Kuckuck. Zwischen Birken und Niederholz schwippt er her und hin.

Betti Kojanke hört ihn, als sie am Morgen das Futter für die Masthähnchen in die Automaten füllt. Sie stellt die Eimer aus der Hand und stemmt die Hände in die Seiten. In ihrer Heimat gab es einen Vers: „Kuckuck, Kuckuck, sag mir doch, wie viele

Jahre hab ich noch?“ Sie zählt die Kuckucksrufe. Der Kuckuck meint es gut mit ihr, er prophezeit ihr zu ihren siebenundfünfzig Jahren noch siebenunddreißig dazu. Mehr will sie nicht. Sie nimmt die Futtereimer wieder auf und bahnt sich einen Weg vorbei an dem flatternden Federvieh.
Timpe hört den Kuckucksruf in der Frühbesprechung im Büro des Vorsitzenden. Er lehnt am offenen Fenster und könnte Betti Kojanke gleich mit zwei Kuckuckssprüchen antworten: „Wenn der Kuckuck Kuckuck schreit, ist es für die Rüben Zeit.“ Und: „Kuckucksruf in Wald und Feld, bring mir Geld, bring mir Geld.“ Der Sprecher begleitet seinen Spruch mit einem Griff nach dem Portemonnaie und wälzt sich zusätzlich dreimal im Gras, so will es der Spruch. Fast unwillkürlich kommt Timpe der Griff nach dem Portemonnaie, „Gewohnheit, nichts als Gewohnheit“, beteuert er dem Vorsitzenden; das Wälzen im Gras erscheint ihm entbehrlich.
Jella lacht über die Kuckuckssprüche. Sie macht keinen Propheten aus dem Kuckuck, keinen Geld- und keinen Rübenvogel. Sie läßt den Kuckuck nichts als Kuckuck sein.
Wenn der Kuckuck aus dem Niederholz ruft, geht eine Veränderung mit ihr vor. Dann rührt sie etwas an, beinahe so wie abends vor dem Einschlafen. Ein Lockruf ist es. Seitdem sie gemeinsam mit Freitag die Geschichte von Robinson gelesen hat, gibt es für sie die Insel Fernandez, einen Kuckucksruf weit von Blauhügel entfernt. Hinter Erlen und Holundergebüsch liegt Robinsons Höhle. Der Wälser Schachtteich wird zum Karibischen Meer. Jella ist Robinson. Toni Patzelt entscheidet sich für Will Atkins; die Rollen von Tom Smith, von Jack und Bill sind schnell besetzt. Nur Freitag bleibt Freitag.
In dieser frühen Stunde begleitet der Kuckucksruf Jella auf dem Weg zur Schule und besiegelt den Entschluß, nachzuholen, wozu

sie gestern nach dem Gespräch mit dem Vater keine Lust mehr hatte.
Freitag klinkte vergeblich an Rehbeins Haustür. Jella ließ ihn allein zur Insel traben. Eine halbe Stunde später kehrte er mißmutig mit Will Atkins und Tom Smith von der Insel zurück. Wenn Robinson fehlt, ist der Nachmittag verdorben.
Das ist heute anders. Zwischen gestern und heute liegt diese Nacht. Was war das für eine Nacht, die alles veränderte, obwohl Jella schlief und also eigentlich nichts geschah? Sie war traurig eingeschlafen, und sie ist nicht so traurig mehr aufgewacht. Am Abend saß sie mit den Eltern beim Abendessen. Der Streit der Eltern war gegenwärtig, er saß mit am Tisch. Doch die Eltern versuchten, Jella gegenüber so zu tun, als hätte es diesen Streit nicht gegeben. Vielleicht taten ihnen ihre Worte leid? Vielleicht aber schoben sie den Streit nur beiseite.
„Geh, du siehst müde aus“ – das konnten sie jetzt nicht sagen, Jella hatte drei Quarkkeulchen auf dem Abendbrotteller liegen. Daß die Eltern sie ausschlossen aus ihren Gesprächen, daß sie ihre Uneinigkeit verbargen, als sei Jella tatsächlich die halbe Portion, für die Betti Kojanke sie hielt, verletzte Jella; dazu das scherzhafte Bemühen des Vaters: „Stell dir vor“, sagte er zur Mutter, „Jella hat tatsächlich geglaubt, sie könnte Zorre mitnehmen.“ Jella schob ihren Teller zurück. Zwei Quarkkeulchen blieben unberührt.
Doch kaum ist die Nacht darüber vergangen, ist der Kummer nicht mehr ganz so heftig. Manches ist sogar wie auf den Kopf gestellt. Vielleicht blieb die Mutter nur deshalb so schweigsam, weil sie Jella nicht beunruhigen wollte? Vielleicht gab der Vater sich so unbekümmert, weil Jella ihm leid tat? Erwachsene haben ihre Eigenart. Wenn sie unsicher sind, tun sie erst recht wer weiß wie überlegen.

Gestern vor dem Einschlafen hat Jella sich in ihre Kissen vergraben und den Umzug verwünscht. Heute malt sie ihn sich schon wieder in allen Farben aus. Etwas Merkwürdiges ist geschehen: Sie möchte mit dem Vater ziehen und mit der Mutter bleiben. Sie ist traurig, Blauhügel zu verlassen, doch sie freut sich trotzdem auf die Stadt. Es sind plötzlich zwei Wesen in ihr, ein trauriges und ein glückliches. Sie empfindet beides: Kummer und Freude. Beides zugleich.

„Entweder ich freu mich, oder ich bin traurig", sagt Freitag, „beides zusammen geht nicht."

„Und doch geht es."

Freitag weiß nicht, was er davon halten soll.

Der Lockruf des Kuckucks hängt noch über den Birken, da sind sie schon auf dem Weg zur Insel. Sie gehen einen steilen Hang hinauf, in knielangen Gummistiefeln, einen buntgestreiften Gürtel um den Leib geschnallt, das Buschmesser steckt in der Gürteltasche.

Auf dem Gipfel des Hangs steht eine verwitterte Bank. Hinter der Bank beginnt das Dickicht, das Dunkel schmaler Trampelpfade, die Insel Fernandez. Jella hat Zorre mitgenommen, die hält sich dicht an Jellas Seite.

Von weitem schimmert Sonne durch das Dickicht hindurch. Dann stehen sie auf einer Lichtung, von Himmel überdacht, von Birken umzäunt. Unter Holundergebüsch versteckt liegt die Höhle. Der Eingang ist mit Pfählen verrammt.

Will Atkins und seine Räuber sind nirgends zu sehen. Keine Fußspuren unterhalb der Lichtung. Nur das Geräusch der eigenen Schritte im Gras. Vogelgekrächz und Gezwitscher. Zorre erkundet die Insel, sie springt und klettert, knabbert am Schöllkraut, am Huflattich.

Freitag kriecht in die Vorratskammer hinten in der Höhle. Ein halbes Weißbrot, ein Topf mit Pflaumenmus, drei Rollen Drops, alles ist unberührt. „Wenn du mich fragst, das gibt einen ruhigen Nachmittag.“

Jella mißtraut der Stille. Sie sitzt am Eingang zur Höhle und probiert ihr neues Fernglas aus. „Die müßten Idioten sein, wenn sie nicht kämen.“

Nach der dritten Weißbrotschnitte liegt Freitag ausgestreckt im Gras, die Hände unter dem Kopf verschränkt, über sich die aufbrechenden Blattüten der Holunderzweige. Wenn der Holunder seine Blätter entfaltet hat, wird Jella nicht mehr hiersein. Diese Vorstellung wiegt schwer in Freitags Gedanken. „Wart's ab“, hat Timpe gesagt, „noch ist nichts entschieden. Laß nur erst die Versammlung stattfinden. So ein Umzug ist keine Privatangelegenheit. Es gibt da ein Gesetz von wegen Kündigungssperre während der Arbeitsspitzen und überhaupt.“

Jella ist anderer Meinung. „Da kann dein Timpe gar nichts machen. Wetten?“

Timpe ist nicht irgendwer in der Genossenschaft, er hat den Meistertitel als Viehpfleger, wie Jellas Vater den Meistertitel der chemischen Industrie. Und außerdem hat er Kriemhild in die Genossenschaft eingebracht. Kriemhild ist Kreisbeste; erstklassig gebaut, gut in Form, Mutter von fünf Töchtern. Die Töchter hat Timpe verkauft und eine Menge Geld dafür bekommen. Eines Morgens aber hat er eine Kette um Kriemhilds Hals gelegt. Wer Timpe kennt, weiß, wie schwer ihm das gefallen ist. Er hat Kriemhild zur Genossenschaftsherde gebracht, eine Abrechnung über siebentausend Liter Milch Jahresdurchschnittsleistung dazu. Den Stall hat er für die Station hingegeben.

Freitag setzt auf Timpes Wort. Kriemhilds Wohl hängt ab vom Wohl der Genossenschaft. Deshalb wird Timpe dafür sorgen, daß die Genossenschaft zu ihrem Recht kommt.

Jella schiebt eine Decke unter Freitags Rücken und legt sich neben ihn. Die Erde ist feucht, doch die Sonne wärmt. Es ist ein Wetter für Bienen und Hummelflug. Ein Nachmittag könnte beginnen wie viele Nachmittage auf der Insel. Alles ist, wie es immer war. Trotzdem spüren sie beide: es war noch nie so, wie es heute ist. Der Gedanke, daß die Tage ihrer Gemeinschaft auf der Insel gezählt sein könnten, gibt ihnen Abschiedsaugen. Es ist, als ob die Blumen farbiger leuchten; der Himmel scheint blauer, und sie entdecken aufs neue, was sie seit langem doch kennen.

Jella guckt in die Wolken. Freitag rollt sich auf den Bauch. Zorre liegt sattgefressen zwischen ihnen. Sie warten auf den Überfall der Räuber.

„Kennst du Kuusiku?"

Freitag kennt es nicht. „Es könnte ein Name aus einem Märchen sein."

„Ist es aber nicht. Ist eine Züchtung aus einer Kohlrübe und einem Grünkohl von einem Kolchos in der Ukraine." Masse und Qualität, behauptet Jella, beides in einem. Und gerade deshalb steht dem Kuusiku eine unvergleichliche Zukunft bevor, ebenso wie der Schecke und ihren Jungen. „Wirst sehen, drei Jahre höchstens, und Timpes Kriemhild frißt Kuusiku, frisch von der Erlenkippe serviert."

Sie spinnen ihre Gedanken in den Himmel hinein. Alle Unruhe ist fort. Der Wald, die Wolken, die Wiese, Zorres Schniefen am Ohr. Nirgends fühlt Jella sich so wohl wie hier. Sie genießt es, neben Freitag zu liegen und in den Himmel zu gucken und auf die Räuber zu warten.

Will Atkins müßte längst hier sein. Jella hebt das Fernglas an die Augen.

„Kannst du sie sehen?"

Jella hat ein Spiel entdeckt: Aus nah mach fern; aus fern mach nah. Sie hebt das Fernglas an die Augen, da liegen Wiesen und Äcker und Bäume und Himmel dicht vor ihr. Sie setzt das Fernglas ab, da liegen Äcker und Wiesen weit; da sind die Hügel wie Wellen blau, und es sieht aus, als ob die Erde fließt. Sie setzt es an, da sind die Hügel grau und zerklüftet, und ein Milan fliegt auf vor ihren Augen.

Fern ist die gelbe Dunstglocke des Chemiekombinats. Nah ist die Erlenkippe. Wie ein Berg ragt sie aus den Hügelwellen auf, nicht wie ein Fingerhut. Die Spitze der Kippe ist abgetragen. Mit allen Maschinen und Geräten sind die Feldbauer auf der Kippe im Einsatz. Braune Erde liegt über der steinigen, meterdick aufgefahren. Traktoren sieht Jella, zwischen Himmel und Erde tanzen sie. Wie Jella das Fernglas hebt, wie sie es senkt, so tanzen die Traktoren mit dem Himmel und der hügeligen Erde.

Und da steht die Mutter! Jetzt nimmt sie die Schirmmütze ab. Sie winkt. Wem winkt sie? Mit langen Sprüngen jagt Senta über das Feld. Wo Senta ist, die hochbeinige Pointerhündin, dort ist Klaus Kürbs. Er steht neben dem blauen Anton. Kein Bagger

wühlt und spuckt mächtiger als der blaue Anton. Nicht einmal zur Hälfte kriegt Jella ihn mit ihrem Fernglas zu fassen.
In kniehohen Stiefeln stapft die Mutter über das Feld, als liefe sie auf Jella zu. Ihr Gesicht ist gerötet, der Wind zerzaust ihr kurzgeschnittenes Haar. Er ist nicht sanft und zimperlich dort oben auf der Kippe. Die Mutter mag das. Neben den Großgeräten steht sie und berät sich mit den Fahrern. Die Augenlider hat sie zugekniffen gegen Staub und Wind, sie lacht und tut, als sei dies nicht die erste Erlenkippe, nicht der erste Berg toter Erde, der hier zu einem Futterfeld umgewühlt wird.
So aufgeschlossen hat Jella das Gesicht der Mutter in den vergangenen Tagen nicht mehr gesehen; so wird Jella es nirgendwo sehen, wie hier auf dem Acker im Wind. Plötzlich packt Jella ein Drang, zur Mutter hinzulaufen, mit ihr die Erde zu riechen, die Luft zu schmecken, den Wind zu spüren, dabeizusein, wenn die Mutter lacht. Jella springt von der Decke auf. Die Mutter soll wissen, daß Jella sie versteht. Sie muß zur Mutter hin.
„Los, komm!"
Quer durch das Dickicht laufen sie. Zweige knacken. Zorre bleibt allein auf der Decke zurück und schickt ihnen ein verdrießliches Meckern nach.
In der Bucht am Fuß des Hanges prallen sie auf Will Atkins und seine Räuber. Sie überrumpeln ihn. Will Atkins ist empört; er hat Steine übers Wasser springen lassen, er wird doch wohl noch selbst den Zeitpunkt bestimmen dürfen, wann es ihm paßt, Robinson zu überfallen. Kaum zwei Minuten vergehen, dann jagen sie alle zusammen mit Geheul in Richtung Erlenkippe davon.
Krebsrot im Gesicht, Haarsträhnen über der Stirn, eine keuchende Indianermeute – so kommen sie auf der Erlenkippe

an. Sie liegt vor ihnen, ein Ackertisch hoch über dem Dorf. Ganz so futterträchtig aber, wie es schien, ist der Acker noch nicht hergerichtet.
In langer Reihe sind die Feldbauer von Blauhügel angetreten, um die Steine aufzulesen, die auf dem Acker liegen. Es ist die langweiligste Beschäftigung, die Jella kennt. Doch die Steine müssen vom Feld. Auch Will Atkins und seinen Räubern steht die Begeisterung nicht im Gesicht geschrieben, als sie begreifen, daß es Arbeit ist, der sie ahnungslos entgegenstürmten.
Jella holt einen Korb vom Hänger herunter. Staub legt sich auf ihre Lippen und knirscht zwischen den Zähnen. Heute morgen noch hat sie die Mutter gebeten: „Laß uns fortziehen ..." Jetzt kneift sie die Augenlider zusammen, so wie sie es von der Mutter gesehen hat. „Das wird ein Futter geben, da wird Timpes Kriemhild Augen machen."
In der Reihe der Feldbauer ziehen sie über das Feld. Mal greift die Mutter die Steine vor Jellas Händen weg, mal ist es umgekehrt Jella, die der Mutter zuvorkommt. Steingesprenkelt liegt die Erde vor ihren Augen, hinter ihren Rücken sattfarben braun.
„Ich habe vor der Höhle gesessen", sagt Jella, „ich habe dich durchs Fernglas gesehen. Du warst ganz nah." Ich weiß jetzt, daß du hier nicht wegkannst, will sie sagen, niemand kann das von dir verlangen. Aber was dann? denkt sie, was dann? Sie ahnt nicht, daß die Mutter sich entschieden hat.
„Du brauchst keine Angst zu haben. Wir schaffen das schon."
Jella hält den Atem an, sie spürt plötzlich, wie tief die Angst in ihr gesessen hat, die Eltern könnten sich trennen. Mit dem Jackenärmel wischt sie sich das Haar aus der Stirn. Die Sonne vergeht hinter der Erlenkippe, sie färbt die Schachtteichwellen sonnenrot.

V

Freitags Hoffnungen sind dahin. Sie sind nicht allmählich versiegt und versickert, wie ein müder Quell; sie sind nicht entschwunden wie in dem Lied, das Betti Kojanke manchmal singt mit einer Inbrunst, die Freitag eine Gänsehaut über den Rücken schickt: „...all mein Hoffen ist entschwunden..." Freitags Hoffnungen sind geplatzt.

Nun sitzt er bei Fräulein Weidmann im Gruppennachmittag und brütet vor sich hin. Er hält eine Rede, eine Weltverbesserungsrede. Nicht laut und vernehmlich hält er sie, das ist nicht seine Art. Er denkt sie. Während Jella und Toni mit Fräulein Weidmann zusammen den Gruppennachmittag vorbereiten, sitzt er still auf seinem Platz.

Seit gestern abend ist es entschieden. Die Versammlung, auf die Timpe seine Hoffnung setzte, hat stattgefunden. Sie ist anders verlaufen, als Timpes Sprüche erwarten ließen. Rehbeins ziehen nach Steinberke! Kein Zweifel, kein Aufschub. Kein Wort mehr, daß das Ganze ein Schlamassel sei. „Mir paßt es auch nicht", hat Klaus Kürbs gesagt, „das könnt ihr mir glauben."

Dann hat er Marlis Rehbein das Wort erteilt, und Marlis Rehbein selbst ist es gewesen, die den Antrag stellte, sie aus der Genossenschaft zu entlassen. „So, wie die Dinge nun mal liegen", hat sie gesagt. Auf jedes Wenn und Aber wurde schließlich eine Antwort gefunden. Die Wippkendorfer und die Zippkendorfer werden den Blauhüglern helfen, wenn Not am Mann ist. Alle gemeinsam werden sie sich etwas einfallen lassen, wie sie die Lücke schließen, die Marlis Rehbeins Weggang hinterläßt.

Mit derlei lauwarmen Sprüchen hat Klaus Kürbs die Versammlung über die Runden gebracht. Und wieso konnte das geschehen? Weil Timpe umgekippt ist, weil er klein beigegeben hat. Er hat Freitag im Stich gelassen. Timpe nennt es anders; er

sagt, es sei Einsicht in die Notwendigkeit. Doch damit soll er Freitag nicht kommen! Was ist das für eine Notwendigkeit, die alles kaputt machen und Freitag von Jella trennen darf?
Freitag würde die Welt anders einrichten, ganz anders. Als erstes würde er dafür sorgen, daß alle Eltern Berufe haben, die zueinander passen. Dann könnte es nicht geschehen, daß Jellas Vater mit seinem Chemiekombinat plötzlich in Blauhügel Umzüge schafft und alles durcheinanderbringt. Tonis Vater zum Beispiel ist Traktorist; seine Mutter arbeitet in der Feldbaubrigade. Beides gehört zusammen. Es kann für ein paar Wochen für den einen oder anderen mal ein Lehrgang dazwischenkommen; aber kein Umzug, der alles zerstört. Eine Welt, wenn es eine richtige Welt ist, dürfte so etwas nicht zulassen. Was gut ist und freundlich, soll bleiben.
Freitag könnte wetten: Auch Timpe kommt die Einsicht in die Notwendigkeit nicht von Herzen. „Was soll man machen", hat er gesagt, „es hinterläßt einen schlechten Eindruck, wenn einer sich vor der Einsicht in die Notwendigkeit verschließt." Dann hat er Freitag berichtet, wie es sich im einzelnen zugetragen hat.
Jellas Vater ist vor die Versammlung hingetreten. „Es gibt hier einige Eilfertige", hat er gesagt, „die glauben, daß ich nur meine Bequemlichkeit und meinen persönlichen Vorteil im Auge habe." Er ist erregt auf dem Gang zwischen den Versammlungstischen hin und her gelaufen. Vor dem Tisch, an dem Betti Kojanke saß, ist er stehengeblieben. „Ich bin hier geboren, das stimmt. Ich habe mir nie sonderlich viel aus dem Dorf gemacht. Das stimmt auch. So was gibt es doch. Daraus könnt ihr mir keinen Vorwurf machen. Ihr aber stempelt mich zu einem, der bloß an sich und seinen Vorteil denkt, weil ihr nicht begreifen wollt, worum es in Wahrheit geht." Dann hat er von

der Raumzelle geredet; in seiner Abteilung seien sie dabei, eine vollinstallierte Raumzelle in Probeserie gehen zu lassen. Was eine derartige Entwicklung, wenn sie gelänge, für das Bauwesen bedeute, könne sich jeder selbst errechnen; von dem Stand, den das Vorhaben auf dem Weltmarkt einnehmen würde, ganz zu schweigen. Dagegen ist nichts einzuwenden. Der Stand auf dem Weltmarkt ist ein Argument, wer das auf seiner Seite hat – soviel weiß Freitag aus dem Geschichtsunterricht –, der hat halb schon gewonnen.

Genau an dieser Stelle hätte Timpe eingreifen müssen. Genau an dieser Stelle in der Versammlung hat er nach Freitags Meinung versagt. Freitag wüßte, was er Jellas Vater geantwortet hätte. Geht es in Blauhügel etwa nicht um den Stand auf dem Weltmarkt? Mit Marlis Rehbeins einmaliger Futterwirtschaft im Rücken will Timpe seinen Stalldurchschnitt auf viertausend, auf fünftausend Liter Milch erhöhen, und eines Tages auf siebentausend Liter wie bei Kriemhild. Siebentausend Liter Stalldurchschnitt sind für den Stand auf dem Weltmarkt nicht mehr und nicht weniger wert als eine Raumzelle.

Soviel steht fest, Freitag hätte sich nicht an die Wand reden lassen. Deshalb ist dies der Hauptpunkt in Freitags Weltverbesserungsrede: Kinder müßten an solchen Versammlungen teilnehmen. Sie müßten gehört werden. In Freitags Welt, wie er sie sich vorstellt, hätten Erwachsene nicht das Recht, über die Köpfe der Kinder hinweg Entscheidungen zu fällen. Mit keinem Gedanken haben sie bedacht, was Freitag Sorge bereitet: kein Wort von der Arbeit auf der Station. „Macht man“, wochenlang hat Klaus Kürbs sie gelobt und schöngetan. Jella hat die Zucht in Schwung gebracht. Zehn, zwölf Junge pro Wurf, soviel wäre drin gewesen, eines Tages. Ein Erfolg, weit über Blauhügel hinaus, mit einer Urkunde, einer kernigen Schlagzeile in der

Zeitung bedacht. „Station Junger Tierzüchter meldet bisher einmaliges Ergebnis!“ Daneben ein Foto von Jella und Freitag, die Box mit der Schecke und ihren Jungen im Hintergrund. Statt dessen lassen sie Jella in eine Stadt ziehen, die keinen einzigen Stall aufzuweisen hat, nicht einmal eine Kaninchenbucht.

„Deine Jella“, hat Timpe gesagt, „die macht sich halb so viele Gedanken darum wie du. Aus den Augen, aus dem Sinn, wirst sehen. Die wechselt ihr Miljö wie andere ihr Hemd.“

Freitag weiß nicht, was ein Miljö ist. Doch was immer es auch sein mag, soviel ist gewiß: Der Katzenjammer kommt eines Tages auch bei Jella, er kommt bestimmt.

Zugegeben, wenn er sie jetzt beobachtet, wie sie Fräulein Weidmann zur Hand geht, steht es eins zu null für Timpe. Kein bißchen Kümmernis ist in Jellas Gesicht. Seitdem Frau Rehbein in den Umzug eingewilligt hat, erscheint ihm Jella so unbeschwert wie an dem Nachmittag, als sie zum Kartoffelacker lief, um ihrer Mutter die Nachricht zu bringen.

Fräulein Weidmann holt einen Kasten aus ihrer Tasche. Sie hat sich etwas einfallen lassen. Dieser Einfall versetzt Jella, Toni und jeden anderen in der Klasse in Spannung, verschlechtert aber Freitags Stimmung nur noch mehr. Lichtbilder hat Fräulein Weidmann mitgebracht, Diapositive, auf denen die Stadt Steinberke zu sehen ist.

„Damit wir alle uns vorstellen können, wo Jella nun bald wohnen wird“, sagt Fräulein Weidmann. Sie ist jung, ihre Nase keck. Man denkt an Kopfsprung, an Segeln und Reiten, wenn man Fräulein Weidmann ansieht. Kurzgeschnittenes Haar trägt sie und lange Hosen, fast immer lange Hosen. „Da sieht man meine krummen Beine nicht“, sagt sie und lacht sich selber aus.

Der Bildwerfer ist bereitgestellt.

Toni befestigt die Leinwand am Kartenständer. Gundel und Katrin sitzen mit aufgestützten Ellenbogen, den Blick auf die Leinwand gerichtet.
Jella zieht die dichten, blauen Vorhänge vor die Fenster. Sie sperrt das Sonnenlicht aus und den Tag. Sie sperrt Blauhügel aus, das draußen vor den Fenstern steht. Dämmerung kriecht in den Raum. Gleich werden die Bilder über die Leinwand ziehen. Freitag wird sich nicht mehr einreden können: Die Stadt liegt weit hinter den Hügeln. Mit einem Kasten voller Bilder ist sie auch in Blauhügel; in ihrer stolzen, weißen Festlichkeit – so empfindet es Jella; in ihrer Feindseligkeit und Starre – so empfindet es Freitag.
Still ist es im Klassenraum. Aufmerksam sind die Zuschauer. Steinberke am Morgen; Steinberke am Mittag; Steinberke bei Nacht. Toni Patzelt wendet keinen Blick von der Leinwand. Tausend Lichtaugen funkeln und glitzern. „Dagegen sind die paar Sterne am Himmel ein mickriger Kram.“ Toni will Städtebauer werden. Für ihn sind solche Bilder ein Tummelplatz seiner Träume. Einmal, vor zwei, drei Jahren, als das erste Hochhaus in Steinberke entstand, als alles rundum noch Brachland war, ist er dort gewesen an einem Regentag. Der Bauplatz lag suppig vor ihm, der Schlamm schwappte über die Schäfte seiner Gummistiefel. Solch ein glitschiger Anfang war das. Und nun solch eine Stadt!
Jella fühlt Tonis neidvolle Blicke. Sie hört, was Gundel und Katrin sich begeistert zuflüstern, und sie genießt es, beneidet zu sein. Sie stellt sich vor: Durch diese Stadt, durch diese Straßen wird sie gehen, dort wird sie zu Hause sein. Bedauernswerter Toni. Er muß sich mit dem Anblick der Farblichtbilder begnügen. „Besuchst mich mal“, raunt sie ihm ins Ohr. Toni nickt.

Ein neues Bild erscheint auf der Leinwand. Jella starrt gebannt darauf. Was da zu sehen ist, beeindruckt sie mehr noch als die Straßenzüge und Hochhausblöcke, die den künftigen Baumeister Toni begeistern. Es ist ein Brunnen, ein Taubenbrunnen, vom Brunnenrand aus in den Himmel hinein fotografiert, so daß es aussieht, als flögen die Tauben bis zu der Fernsehantenne des höchsten Hochhauses auf, als flögen sie bis zu den Wolken hin.

„Was ist es, was diesen Schwung, diese Bewegung im Flug der Tauben auslöst?" – Ausgerechnet Freitag trifft Fräulein Weidmanns Frage.

Eine kühne, atemnehmende Spannweite, dunkle Flächen von Taubenleibern; Vogelschwingen, dünn wie Pfeile; und andere, breit und gemessen den Schwung austragend. Tauben im Steilflug; Tauben im Gleitflug. Bewegung, die den Blick einfängt; Verlockung, mitzufliegen.

Indessen starrt Freitag noch immer auf diesen vermaledeiten Taubenbrunnen. Was sieht er? Tauben aus Eisen, gußeiserne Tauben.

Nichts Weiches werden sie haben beim Anfassen, denkt er. Starr, spitz und kalt sind sie. Er mag keine Tauben aus Eisen, mehr weiß er nicht zu sagen.

Als das Bild längst einem anderen auf der Leinwand Platz gemacht hat, sieht Jella in Gedanken noch immer den Taubenbrunnen. Etwas hat sie berührt, das sie nicht kannte, nicht ahnte. Viele Bilder hat sie gesehen; Bilder in Lehrbüchern; Bilder, die an den Wänden der Stuben in Blauhügel hängen. Über Bruno Jennerts Sofa mit dem grünen Plüschbezug hängt eine Federzeichnung von den Kohlegruben, dem Tagebau, in dem Bruno Jennert den Bagger fuhr. Timpe behütet ein Bild in seiner Wohnstube; er nennt es bedeutsam Gemälde. In vergoldetem

Rahmen hängt es an einer vergilbten Kordel. Ein doller Schinken, behauptet Klaus Kürbs. Doch ein schmales Messingschild, in den vergoldeten Rahmen eingelassen, trägt die anspruchsvolle Bezeichnung: Jagdstück in Öl. Jella mag es nicht leiden. Die strammen Jäger mit ihren Stutzbärten, die Treiber mit Stangen voll baumelnder Hasen, der Bläser in roter Weste auf tänzelndem Schimmel – zuviel Tatü und Getön für Jellas Empfinden. Da sind ihr die Bilder aus Betti Kojankes Heimat schon lieber, Bilder von dunklen Wäldern und glitzernden Seen. Oder die Hundewand in Klaus Kürbs' Büro; eine ganze Wand von oben bis unten mit Fotos von Hunden behängt. Keines von diesen Bildern aber, nicht eines, bewegte Jella so wie das vom Taubenbrunnen. Den Taubenbrunnen wird sie aufsuchen, ihm wird sie entgegenfahren.
Sie drängt aus dem Klassenraum, sobald die Stunde beendet ist. Als sie neben Freitag und Toni ins Dorf hineinläuft, hat sie es eiliger als sonst. Vor Bruno Jennerts Haus bleibt sie stehen. „Bis morgen."
Bruno Jennert hantiert im Stall, seine graue Wattejoppe hat er an der Stalltür aufgehängt. Freitag und Toni haben noch keine Lust, nach Hause zu gehen. Sie könnten Bruno Jennert fragen, ob er die Pimpinella schon ausgepflanzt hat. Die Pimpinella ist ein Erstling auf Bruno Jennerts Kräuterbeet. Bruno Jennerts Kräuterbeet wiederum erregt nicht nur die Aufmerksamkeit der Kinder; das ganze Dorf läßt sich mit Kräutern von Bruno Jennerts Kräuterbeet versorgen. In seinem Garten stehen die besten, die erlesensten Küchenkräuter; bitter die einen, saftig und duftend die anderen. Schmeckt ein Braten zu fad, eine Soße zu schal, ist ein Salat zu langweilig – ein paar Stengel von Bruno Jennerts Kräuterbeet genügen; Anis und Lavendel, Kerbel, Portulak, Ysop und Salbei. Von Koriander, Kümmel, Dill und

Pfefferkraut ganz zu schweigen. Nun kommt noch die Pimpinella hinzu, ein Doldengewächs, eine Wurzeldroge.
„Was ißt man, Vater Jennert, die Dolde oder die Wurzel? Wie schmeckt sie, kochst du Tee daraus? Schützt sie vor Husten? Lindert sie Kopf-, Bauch- oder Halsweh?“ Eine halbe Stunde wird es dauern, bis Freitags und Tonis Fragequell über die Pimpinella ausgeschöpft ist. Jella aber wird eine einzige Minute schon zu lang.
„Sie will uns loswerden, merkst du was?“
„Palaver.“ Doch Jella hat es tatsächlich darauf abgesehen, mit Bruno Jennert allein zu sprechen; und ganz gewiß nicht über Pimpinella, sondern über Zorre. Immer wieder hat sie es hinausgeschoben, jetzt möchte sie das Gespräch hinter sich bringen, am besten gleich, solange die Stimmung anhält, die sie fast schon nach Steinberke versetzt.
Nur eins ist noch zu klären, und deshalb steht sie hier: Sie braucht eine Bleibe für Zorre.
Als Freitag und Toni zwischen den Gärten verschwinden, steuert sie über den Hof zum Stall. Bruno Jennert ist damit beschäftigt, einen Haufen Holz zu einem Stapel aufzuschichten. Bedächtig zieht er die Luft zwischen den Zähnen ein und stößt sie wieder aus; seine Eigenart zu pfeifen ist das, anspruchslos und sparsam die Töne wechselnd. Er sieht Jella kommen, er kann sich denken, was sie von ihm will.
In den frühen Morgenstunden heute ist Jellas Mutter zu ihm in die Küche gekommen. „Es ist soweit, daß wir ziehen werden“, hat sie gesagt, „da hab ich mir gedacht, du könntest Zorre zu dir nehmen.“ Hinter der Sorge um Zorre hielt sie die Fürsorge für Bruno Jennert selbst verborgen. Ihm aber konnte sie nichts vormachen, er wußte, was sie dachte: Mag das ganze Dorf bei ihm seine Kräuter holen, es wird genügend Zeit bleiben, in der

er uns vermißt. Doch wo Zorre ist, sind die Kinder. Und wo Kinder sind, ist er nicht allein.
Zu Jella hat die Mutter gesagt: „Ich an deiner Stelle würde Vater Jennert fragen, ob er Zorre nehmen will. Vater Jennert weiß mit ihr umzugehen, und Zorre kennt sich bei ihm aus. Sie zwängt sich zwischen den Zaunlatten hindurch, um auf seinen Hof hinüberzukommen, wenn es ihr auf dem unseren zu langweilig wird."
Jella steht vor Bruno Jennert. Weshalb zögert sie, obwohl sie eben noch dachte: eine Frage, eine Antwort, alles geht klar. Und weshalb fragt sie etwas anderes, als sie fragen wollte; etwas, das jeder, der Bescheid weiß, als Verlegenheit durchschaut: „Du packst das Holz hoch, Vater Jennert?"
„Ich packe das Holz hoch."
„Da kriegst du eine Menge Platz."
„Da krieg ich eine Menge Platz."
Jella denkt: Er könnte die Stallwände weißen, und neben der Tür könnte das Heu liegen, und unter dem Fenster könnte er Zorres Strohschütte herrichten.
Bruno Jennert denkt: Nichts werde ich tun, ich fange hier nur mal schon so ein bißchen an, das ist alles. Das andere tun wir beide gemeinsam, da kommst du mir nicht drum herum. Wir werden die Wände kalken, du und ich, und neben der Tür wird das Heu liegen. Und auch die Fensterscheiben müssen wir noch verkitten, damit Zorre nicht in der Zugluft liegt. Und wenn wir das alles getan haben, dann kannst du beruhigt nach Steinberke fahren.
Jella hat die Schulmappe abgestellt, sie fingert an ihren Zöpfen herum, obwohl es da nichts zu ordnen gibt. „Weißt du noch, Vater Jennert, wie du den Wermuttee gekocht hast?"
„Den Wermuttee? Jaja, alle Wetter."

Das war, als Zorre noch nicht lange auf den Beinen stand; vor drei, vier Monaten etwa. Zorre hatte einen Leib, prall und rund. Lag es am Haferschleimgetränk, war es zu heiß, zu kalt gewesen? Hatte ein dürres Kraut oder Unkraut im Heu gesteckt, das Zorres Magen nicht vertragen hatte? Sie stöhnte und sah Jella an. Jella rannte in die Küche und holte eine Decke, dann packte sie Zorre hinein bis zu den Ohren. Die Eltern waren nicht im Haus. Ehe Jella bedenken konnte, was weiter zu tun sei, öffnete sich die Stalltür, und Bruno Jennert stand auf der Schwelle, die Hände in den Taschen seiner grauen Joppe vergraben, die Schultern gebeugt, sonst hätte ihm der Türbalken die Mütze vom Kopf geholt.
„Was rennst du mit einer Decke in den Stall?“ Mit einem Blick auf Zorre sah er, was not tat. „Hast du ihr den Leib gerieben? Reib ihr den Leib. Ich koche inzwischen einen Wermuttee.“
Jella rieb Zorres Leib. Sie streichelte ihn mehr, als daß sie ihn rieb. Bruno Jennert brachte den Tee. Er zog einen Schemel an Zorres Strohschütte heran.
Jella setzte sich neben ihn ins Stroh, die Beine im Schneidersitz gekreuzt.
„Ist es schlimm? Muß sie sterben?“
Zwei Tage später stand Zorre wieder auf den Beinen. Der Wermuttee hat sie gesund gemacht. Keine bessere Bleibe kann Jella für Zorre finden als den Stall von Bruno Jennert.
„Nimmst du sie, Vater Jennert?“
Er ist damit beschäftigt, das Stallfenster auszuhängen. Es klemmt und sitzt fest in den rostigen Angeln. Die Scheiben sind trübe vom Winterstaub. Dann geben die Angeln das Fenster her. Sonnenlicht fällt in den Stall.
„Ich nehme sie“, sagt Bruno Jennert. „Das Heu kannst du immer schon bringen.“

VI

Ein paar Wochen sind vergangen. Von Zippkendorf herüber fährt ein Möbelwagen auf Blauhügel zu. Wie ein fremder Zugvogel zieht er über die bucklige Straße hin; eine Straße, die sonst nur Traktoren und Kombinen kennt, die Schafherden sieht und Kühe zur Weide führt. Von der Erlenkippe herunter schimmert eine grüne, dünne Saatdecke. Unter Scheunendächern richten sich die Schwalben auf einen gelben Sommer ein – da hält der Möbelwagen vor Rehbeins Haus.

Er bringt die Kisten, die nicht die Hälfte von allem Hausrat fassen werden, mit dem ein Blauhügeler Haus vom Keller bis zum Boden vollgestopft ist. Die beiden hemdsärmeligen Möbelpacker können es sich nicht verkneifen, Jella beim Abladen der Kisten zu foppen: „Die Kohlen kannst du inzwischen schon einpacken.“

Sie kennen Meister Rehbeins Umsicht nicht. Er hat eine lange Liste zusammengestellt von allem, was sie in Steinberke nicht mehr gebrauchen werden; die große Waschwanne und die

Steingutfässer für das Sauerkraut, die Töpfe für das Pflaumenmus, die runden Kuchendecken, auf denen beim Schlachtfest die Schwartenwürste und im Dezember die Weihnachtsstollen liegen.
Kein Schlachtfest mehr, kein Sauerkrautstampfen! Kein Kohlenschleppen über die siebzehnstufige Kellertreppe hin! Alles wird vorhanden sein: Schwartenwurst und Sauerkraut und warme Stuben, klimagesteuert, ferngeheizt. Jella könnte singen vor Freude über solch ein Leben, wenn sie nicht so falsch sänge, daß sie sich selbst nicht hören mag.
Zwischen den Eltern hat es keinen Streit mehr gegeben; keinen Abend, an dem sie Jella frühzeitig in ihr Zimmer schickten. Zu dritt saßen sie nach dem Abendessen über Zeitschriften und Broschüren, jeden Tag brachte der Vater andere mit. Sie geben Auskunft über neue Arbeitsmöglichkeiten für die Mutter. Sie brauche nur zu wählen, sagt der Vater, eine Stadt wie Steinberke strecke alle Hände nach ihr aus. In Warenhäusern und Wäschereien, in Frisiersalons, Baubuden, Projektierungsbüros, überall seien Arbeitskräfte gesucht.
In Warenhäusern und Wäschereien, hinter Mauern und Fensterglas, wird sich die Mutter nicht wohl fühlen, das weiß der Vater so gut wie Jella. „Ich gehe zur GaLa“, hat die Mutter gesagt, „ich brauche Wind und Sonne, zum Stubenhocker tauge ich nicht.“
Seit gestern ist es beschlossen. Auf dem Schreibtisch liegt ein Arbeitsvertrag mit der GaLa; dazu eine Zeitschrift, ein üppig blühender Rosenstrauch ist auf dem Titelblatt abgebildet. So große Rosen hat Jella noch nie gesehen. „Polyantarose Elvira Moser“, steht darunter, „blüht von Juni bis November.“ Ein Prachtstrotz, diese Elvira Moser! Wenn sie hält, was sie verspricht, schenkt sie Steinberke einen Rosenteppich.

Jella ist mit der Neuigkeit zu Freitag gelaufen. „GaLa“, hat sie gesagt, „das klingt; nach etwas ganz Besonderem klingt das.“ Sie ist empfänglich für den Klang von Namen. Klackerlack, Krambambuli – solche Wörter gehen ihr tagelang nicht aus dem Kopf. Manchmal denkt sie sich selbst welche aus. „Der Regen heute“, sagt sie, „der kriecht einem in die Kleider wie Puhadschibu.“
Freitag berührt der Klang von Namen kaum. „Was ist GaLa? Garten- und Landschaftsgestaltung, das ist klar. Aber was weiter? Da werden sie Springbrunnen auf den Rasen setzen mit komischen Figuren obendrauf, künstlicher Kram so was, wie der Taubenbrunnen.“
„Keine Ahnung hast du“, behauptet Jella. „GaLa, da wird der Lauf der Flüsse verändert, da werden Berge versetzt. Simsalabim, GaLa.“ Langsam, viel zu langsam gehen die letzten Tage für Jella dahin.
Doch dann hockt sie plötzlich dennoch zögernd in ihrem Zimmer, steht unschlüssig vor Regalen und Schränken. Mitten im Zimmer ist eine der sperrigen Kisten aufgestellt. „Da pack hinein, was du mitnehmen willst“, hat die Mutter gesagt, „was Kram ist, laß da.“
Was ist Kram? Was Jella in Jahren zusammentrug in Schürzen und Hosentaschen, mit eigenen Händen – geschnitzte Pfeifen aus Weidenstöcken, ausgeblasene Vogeleier, der Wimpel von Robinsons Höhle, die Steinsammlung, der braune Tonscherben aus der Kiesgrube, die ausgestopfte Eule –, ist das Kram?
„Nichts ist Kram“, behauptet Freitag. Er kniet vor der Kiste, bereit, hineinzupacken, was Jellas Urteilsspruch standhält.
Jella schleppt heran, was eben noch aus Schubladen und Regalen ihr entgegenquoll. Stapel von Büchern, Zeitschriften, Fotos von Kaninchen, von Vögeln und Hunden türmen sich auf dem Fußboden.

Freitag packt ein. Die Kiste ist breit, die Kiste ist hoch. Sie wird alle Stapel und Stücke fassen. Er tut sein Bestes, packt ein und um, er nutzt jedes Plätzchen. Die Kiste füllt sich, doch noch immer ist für das Durcheinander auf dem Fußboden kein Ende abzusehen.
Breitbeinig steht Jella über den Stapeln. Wie ein pausbäckiger Hamster kommt Freitag ihr plötzlich vor. Eine Versuchung steigt in ihr auf, alles das, was Freitag eifervoll zusammenpackt, wegzuschenken. Sie legt auf Freitags Arme, was sie grad eben in den Händen hält; die Weidenstöcke, den Federschmuck aus Truthahnfedern. „Nimm, nun nimm schon."
Freitag steht da, wie vom Weihnachtsmann beschenkt. Und Jella packt noch immer auf seine Arme, was sie halten können, die ausgestopfte Eule obendrauf.
Die breiten Schwingen der Eule kitzeln Freitags Hals. Staub wirbelt in seine Nase. Er muß niesen. Doch er wagt es nicht, sich zu rühren. Die Eule könnte zu Boden rutschen. Freitag hat eine Vorliebe für diesen Nachtvogel mit gelben Augen und Hakenschnabel. Die weichen Federn knistern, die gelben Augen flirren. Jella muß verrückt sein, ihm diese prächtige Eule zu schenken!
Doch Jella hat ihren Spaß an Freitags Bestürzung. Was liegt ihr an der Eule? Jella zieht in die Welt; und die Welt hat im Überfluß von allem, was Jella erträumt. Auch Eulen hat sie genug; in dunklen, endlosen Nächten gelbäugige Eulen. Immer mehr Gefallen findet sie daran, Freitag zum Erben ihrer Reichtümer zu machen, die ihr gestern, die ihr vor wenigen Augenblicken noch unentbehrlich erschienen. Das Durcheinander auf dem Fußboden lichtet sich. Die Bücher behält Jella für sich, den Wimpel von Robinsons Höhle, die Steine aus dem Karibischen Meer und den Tonscherben. Abdrücke von Farn und Gräsern trägt der Scherben. Fräulein Weidmann sagt, er könne drei-

tausend Jahre alt sein und älter. Freitag wickelt ihn sorgsam in Jellas blauen Winterschal, bevor er ihn in die Kiste packt.
Am Abend, als die Mutter ins Zimmer kommt, stehen Regale und Schränke leer. In der Kiste obenauf bleibt noch genügend Platz für Jellas Federbett.
Der Morgen, an dem der Möbelwagen zum zweitenmal vor Rehbeins Haus hält, ist maifrisch und sonnenklar. Jella hat eine scheußliche Nacht hinter sich. Ein Traum hat sie gepeinigt. Sie lag am Feldrain auf der Erlenkippe, und Steinberke rollte auf sie zu wie ein Eisenbahnzug. Betti Kojanke rief: „Nej, nej", und der Schaffner rief: „Einsteigen, einsteigen bitte!" Jella wollte aufspringen, doch sie kam nicht los von der Erlenkippe. Der Schaffner pfiff und winkte immerzu. Jella lag wie angewurzelt, und Steinberke rollte vorbei.
Wie ein Alpdruck ist dieser Traum.
„Das macht die Aufregung", sagt der Vater, „in der Aufregung nisten die Träume."
Jella befürchtet, es könne in letzter Minute etwas dazwischenkommen, was den Umzug zunichte macht. Es gibt die verrücktesten Zwischenfälle, dann ist es mit dem Umzug aus, die Welt rollt vorbei, der Zug fährt ohne sie ab. „Du mit deinem Tick in die Welt", hat Timpe zu Jella gesagt, „Welt ist überall, und in Blauhügel am meisten."
Was weiß Timpe! Welt ist anderswo. Wenn Jella sich nicht beeilt, kommt sie zu spät.
Herr Bierbauch und Herr Kulle, die beiden hemdsärmeligen Packer, kriegen Jellas Ungeduld schon bald nach ihrer Ankunft zu spüren; und eben deshalb, weil sie bis jetzt nicht hemdsärmelig sind, vor einer halben Stunde angekommen, und noch immer nicht hemdsärmelig. Herr Bierbauch hat sich behäbig an Jella vorbeigeschoben und ist auf die Küche zugesteuert. Von

Umzugseifer keine Spur. „Erst wollen wir mal frühstücken", hat er gesagt.
Nun sitzt er mit Herrn Kulle am Küchentisch. Er läßt sich von der Mutter Kaffee eingießen und greift nach der dicken, runden Schwartenwurst, die auf dem Frühstückstisch steht. Daß Jella jeden Augenblick den Kopf zur Tür hereinsteckt, stört ihn nicht.
„Wenn wir uns ranhalten", drängt Jella, „dann können wir bis Mittag in Steinberke sein."
„Eine Schwartenwurst habt ihr hier!" antwortet Herr Bierbauch gelassen.
„Bis Mittag ist nicht lang. So ein paar Stunden sind rasch vorbei."
„Habt ihr selber gemacht, hausschlachten, wie?"
Jella gibt es auf, Herrn Bierbauch zu drängen.
Das Frühstück wird nie ein Ende nehmen. Nun müht sich auch noch der Vater um das Wohl der Packer. „Hol die Flasche", sagt er zu Jella, „zur Schwartenwurst gehört ein Korn."
Jella holt die Kornflasche. Herr Bierbauch hebt das Glas. „Ich bin so frei."
Herr Kulle ist nicht so frei. Er ist der Fahrer, und Fahrer trinken keinen Korn. Den Korn, der Herrn Kulle zugedacht ist, trinkt Betti Kojanke. Sie hat es sich, gleich Bruno Jennert, nicht nehmen lassen, der Mutter beim Packen zu helfen. „Nej, nej, da laß ich dich nicht im Stich."
Sie kippt den Korn, und Herr Bierbauch sagt: „Ein schmuckes Dorf, Ihr Blauhügel."
Es ist kaum zu glauben, wie eifrig Betti Kojanke nun ihrerseits das Dorf vor Herrn Bierbauch zu preisen beginnt, prall von Stolz, als sei sie eine hiesige, eine einheimische, eine Blauhügeler Betti Kojanke. „Weißt du, wie du mir vorkommst?" hat Klaus

Kürbs sie neulich gefragt. „Wie eine, die zetert, daß ihre Jacke naß ist, obwohl der Wind sie längst getrocknet hat."

Wenn Jella nicht alle Hände voll zu tun hätte, würde sie darüber nachdenken, wie es zugeht, daß Betti Kojankes Beteuerung „Hejmat bleibt Hejmat" sich längst mit ihrem Stolz auf Blauhügel paarte. Doch diese Zeit hat Jella nicht; Betti Kojanke selbst nimmt sie ihr. Sie packt eine Schranktür und schiebt Jella ein Brett unter den Arm. „Faß zu, Mädje."

Herr Bierbauch und Herr Kulle besinnen sich auf ihre Pakkerarme. In den Schlafräumen schlägt Bruno Jennert die Bettstellen auseinander. Klopfen und Hämmern schallt durch das Haus.

Der Möbelwagen ist zur Hälfte schon beladen, da steht Freitag plötzlich neben Jella und sagt: „Kannste mal kommen?"

Er hat die große Pause abgewartet, um herüberzulaufen auf Rehbeins Hof, steht unter dem Kirschbaum zwischen Matratzen und Schränken und schenkt der verdutzten Jella sein Paßbild; das gleiche, von dem ein Abzug im Pionierausweis klebt; das gleiche, von dem Jella gesagt hat: „Ein Gesicht machst du da, wie eine Mummsmolle."

Auf der Rückseite des Fotos – doch das kann Jella nicht wissen, wieviel Kopfzerbrechen Freitag die Rückseite des Fotos machte; genauer gesagt, der Spruch, den er in einem vergilbten Poesiealbum eigens als Widmung für dieses Abschiedsfoto aussuchte.

„Des Lebens goldnes Unterpfand, das ist der Freundschaft festes Band", dieser Spruch hat es Freitag angetan. Doch für die Rückseite des Fotos erwies er sich als zu lang. Drei Worte stehen nun an seiner Stelle, drei gute Worte: „Dein Freund Freitag."

Ehe Jella etwas sagen kann, ist Freitag davongelaufen.

Sie steckt das Foto in die Hosentasche. Als sie ein paar Schritte

gegangen ist, nimmt sie es heraus und verwahrt es in der Tasche ihres Anoraks.
Eine halbe Stunde später hat der Möbelwagen den letzten Hausrat geschluckt. Jella nimmt ihr buntes Kopftuch ab, dann hilft sie Herrn Bierbauch, die Türen des Möbelwagens zu verschließen.
Herr Kulle schiebt den Möbelwagen im Rückwärtsgang vom Hof herunter auf die Straße. Betti Kojanke fuchtelt mit den Armen. „Mehr links, Mann, mehr links. Sie nehmen ja den halben Kirschbaum mit.“
Vom Wiesenweg herüber kommt Klaus Kürbs mit seinem Wartburg gefahren. Senta, die braunweiß gefleckte Pointerhündin, sitzt neben ihm. Staub wirbelt hinter dem Wagen her. „Ich bringe euch selber an Ort und Stelle“, hat Klaus Kürbs zur Mutter gesagt, „dann weiß ich gleich, wie alles geht und wie ihr es getroffen habt.“
Der Wartburg, der auf Rehbeins Haus zurollt, wirkt wie ein Signal. Die Unruhe des nahen Aufbruchs legt sich über die Straßen von Blauhügel. Vom Rübenacker herunter kommen die Feldbauer gelaufen, quer über die Wiese. Hinter den Ställen ruft Timpe die Lehrlinge vom Dungstapler weg. Er trägt einen Henkelkorb in der Hand. Milchflaschen scheppern bei jedem Schritt. Auch Quark hat er mit in den Korb hineingepackt. Was werden sie zu essen haben bei dem Durcheinander heute? denkt er, der Marlis wird nicht nach Essen zumute sein, doch die Milch wird ihr guttun.
Was werden sie zu essen haben heute? denkt auch Bruno Jennert, während er in seinem Garten die ersten Salatköpfe schneidet. Timpes Henkelkorb kommt ihm gerade recht, um Grünzeug und Kräuter auf den Korb obenauf zu packen.
Dann stehen sie alle um Rehbeins Haus und um die beiden

Wagen herum. Kaum einer im Dorf, der nicht zur Stelle ist. Rehbeins Haus liegt wie ein leeres Nest. Die Fenster stehen offen und die Türen. Herr Bierbauch sitzt neben Herrn Kulle im Möbelwagen und reicht Betti Kojanke zum Abschied die Hand. Über den Schulhof stürmt die 5b, stürmt Jellas Klasse heran.

An Toni, an Freitag vorbei läuft Jella plötzlich auf Bruno Jennerts Stall zu. Toni sieht ihr verständnislos nach. „Bis zuletzt rennt sie nach ihrer Zicke.“ Freitag steht am Straßenrand, die Hände in den Hosentaschen. Kein Wort bringt er hervor.

Als Jella die Stalltür öffnet, liegt Zorre auf der frisch gerichteten Strohschütte. Sie muffelt und knabbert am ersten Wiesengrün, dann hebt sie den Kopf und sieht Jella unverwandt an. Jella hält eine Möhre in der Hand. Sie will Zorre die Möhre geben; will sich ins Stroh kauern und Zorre die Möhre geben. Weshalb tut sie es nicht? Sie wirft die Möhre in den Trog und läuft hastig aus dem Stall. Die letzten Augenblicke, denkt sie, sind scheußlich.

Im Hof wartet Bruno Jennert. „Na dann, Robinson.“

„Na dann, Vater Jennert.“

Händeschütteln, wie Festtrubel das alles. Nur etwas zu laut, zu gewollt die Scherzrufe her und hin.

Der Vater geht auf Timpe zu. „Nichts für ungut, Timpe.“ Doch Timpe hißt dem Umzug keine Freudenfahne, und die Einsicht in die Notwendigkeit verwünscht er noch immer.

Betti Kojanke schneuzt ihren Abschiedsgram ins Taschentuch. Bis zu diesem Augenblick hat das Umzugstreiben sie in Atem gehalten. Nun drängen sich Bilder ihres eigenen Um- und Einzuges in ihre Gedanken. Sie sieht den ächzenden Handwagen in ihrer Erinnerung. Er fuhr über die gleiche holprige Dorfstraße, auf der jetzt der Möbelwagen behäbig davonrollt.

Weinen und Lachen in einem.

Alle stehen und winken. Jella wünscht, Betti Kojanke soll aufhören zu heulen, das Herz ist Jella schon schwer genug.
Die Mutter sitzt neben dem Vater im Wartburg. Sie hält den Korb mit den Milchflaschen und dem Grünzeug auf dem Schoß. Jella sitzt neben Klaus Kürbs. Der hupt – zweimal kurz, einmal lang. Ein paar Gänse mit ihren gelbflauschigen Gösseln flüchten zischelnd zur Seite. Die Fahrt beginnt. Jella steckt den Kopf zum Wagenfenster hinaus. Sie winkt.
Zwischen Feldern und Hügeln verschwindet das Dorf.

VII

Die Stadt ist zum Staunen schön. Weil die Häuser so hell sind, erscheint Jella der Himmel über ihnen noch blauer; und weil der Himmel so blau ist, erscheinen Jella die Häuser noch blendender in ihrer Helligkeit aus Weiß und Gelb und Orange.
Mit diesem strahlenden Anblick empfängt sie die Stadt. Jella springt als erste aus dem Wagen, der vor dem Wohnblock siebenhundert hält. Gewaltig erscheint der Wohnblock, wenn man vor knapp einer Stunde noch einem kleinen Haus nachgewinkt hat.
Ungewohnt ist, statt einer Straße wie in Blauhügel den breiten Damm der Betonschwellen vor dem Haus zu haben; ungewohnt alles, was da steht und fährt und lärmt und schrillt zwischen Möbelwagen und Zementsilos, zwischen Dumpern und Montagekränen. Denn das ist das zweite Gesicht der Stadt: Sie hat ein Fertiggesicht, ein strahlendes, frisches; und ein Bauplatzgesicht. Der Wohnblock siebenhundert steht zwischen dem einen und dem anderen Teil der Stadt.
Klaus Kürbs schiebt seinen grünen Filzhut in den Nacken und nickt Jella zu: „Da hast du deine Welt!"
Jella läuft hierhin, guckt dorthin. Herr Bierbauch hängt ihr einen Koffer an die Hand, eine Tasche an die andere. Dann stehen sie auch schon im Fahrstuhl. Der Vater drückt auf den Schaltknopf. Die Mutter sucht in der vollgestopften Tasche nach dem Wohnungsschlüssel. „Du mußt ihn haben."
„Nein, du."
Nun kramt auch der Vater und sucht in seinen Taschen. Sie finden den Schlüssel, sie sehen sich an, sie lachen. Einen Augenblick lang spürt Jella die beklemmende Enge in dem schmalen Geviert. Nun ist dieses Lachen da; das dunkle des Vaters, das klingende der Mutter.

„Warum gehst du mit“, hat sie die Mutter an dem Nachmittag auf der Erlenkippe gefragt, „warum gibst du alles auf, was du geschafft hast? Weil die Arbeit des Vaters wichtiger ist?“
„Wichtig ist, daß wir beisammenbleiben“, hat die Mutter geantwortet. Nun sind sie beisammen mit Koffern und Taschen und Tüten und mit diesem Schlüssel, Wohnblock siebenhundert, Haus drei, zehnter Stock. Wie ein silbriges Zeichen liegt der Schlüssel in der Hand der Mutter. Sekundenflüchtig das alles.
Der Fahrstuhl hält. Türen springen auf. Jella steht in dem Zimmer, das künftig das ihre ist. Durch die breiten Fensterscheiben gucken Sonne und Wolken ins Zimmer herein. Die Stadt ist auf der Erde und in den Wolken zugleich.
Jella reißt die Fenster auf. Sie hört hinter sich die Stimme Klaus Kürbs' im Gespräch mit der Mutter. Er steht, die Hände in den Taschen der speckigen Lederjoppe vergraben. Die Worte hallen wider in dem leeren Raum, dazu sein dröhnendes Lachen. „Was wird sein? Was du draus machst, wird sein. Vornan weht der Wind am frischesten.“ Das ist eine Einzugsrede nach Jellas Sinn. Vornan – dort will sie hin.
Sie könnte sechs Hände brauchen und sechs Beine zugleich. Solange nicht jedes Stück in der Wohnung auf seinem Platz steht; solange sie noch nicht weiß, wer die Nachbarn sind, die neben, die unter ihnen wohnen; solange sie noch die vielen Namen der vielen Leute auf den vielen Briefkästen und Türschildern sich einzuprägen versucht; und solange sie nicht weiß, was hinter dem Wohnblock und rundherum um den Wohnblock geschieht – so lange ist jede Stunde zu kurz. Kaum findet sie Zeit, sich von Herrn Bierbauch zu verabschieden, Klaus Kürbs nachzuwinken.
Mitten im Zimmer steht plötzlich ein Mann; tut so, als sei die offene Wohnungstür eine Aufforderung einzutreten; ein Mann,

untersetzt, der blaue Rollkragenpullover spannt über dem rundlichen Leib.
„Maschke“, sagt der Mann, „Kalle Maschke, Bauarbeiter, Bürger von Steinberke, neununddreißig Jahre alt, verheiratet, zwei Kinder. Zur Nachbarschaftshilfe bereit.“ Er hat ein volles Gesicht mit abstehenden Ohren, mit igelig kurzem Haar, mit flinken Augen, die prüfen, wie diesen neuen Nachbarn zu raten, zu helfen ist. Händeschütteln her und hin. Sie kommen miteinander ins Gespräch und ins Schränkerücken.
Kalle Maschke ruht nicht eher, als bis alle Schränke ihren Platz gefunden haben. Wenn ihm etwas nicht behagt, kommt kein gewohntes Nein, sondern ein entrüstetes „Ächa!“ über seine Lippen. Und wenn er seine Zustimmung bekunden will, sagt er „Nu!“ und zur Bekräftigung noch einmal „Nunu!“
Kein Zweifel, Kalle Maschke ist einer, dessen Freundlichkeit nahezu maßgerecht in Jellas Vorstellung hineinpaßt, die sie von dieser Stadt und ihren Bürgern hat.
Bodo Butzmann allerdings paßt nicht hinein. Jella holt ihn im Treppenhaus ein. Er ist einen halben Kopf größer als Jella. Sie laufen dicht hintereinanderher, vom vierten bis zum achten Stockwerk hinauf. Jella will sich an ihm vorbeizwängen, doch Bodo Butzmann verhindert es. Er läßt sich nicht beiseite schieben, von einem Mädchen schon gar nicht.
„Hier muß man ganz schön kraxeln“, sagt Jella.
Bodo Butzmann wirft ihr einen Blick zu, als wollte er sagen: Bleib doch unten, wenn es dir zuviel wird.
Es wird Jella nicht zuviel. Sie könnte zwanzigmal die Treppen hinaufstürmen heute. Sie hat nur einfach etwas sagen wollen, weil ihr nach Reden zumute ist, weil sie sich mitteilen möchte, wem auch immer, an diesem erregenden Tag. „Wir ziehen in den zehnten Stock!“ verkündet sie.

„Seh ich“, antwortet Bodo Butzmann und tut, als sei sie ein lästiger Kläffer, den er möglichst schnell loswerden will. Erst schleicht er wie eine lahme Ente vor Jella her, dann jagt er plötzlich gleich einem Windhund über die letzten beiden Treppen und verschwindet hinter der Tür im achten Stock.
Wennschon – solch ein Benehmen kann Jella heute nicht verdrießen, sowenig wie die Begegnung mit dieser Tilly, die so einheimisch tut, als wohne sie schon wer weiß wie lange hier.
Jella will, mit Eimern und Küchenbesen bepackt, den Fahrstuhl benutzen, da vertritt Tilly ihr den Weg und hält die Tür zu. „Fahrstuhlfahren für Kinder allein ist verboten.“
Also geht Jella an ihr vorbei in Richtung Treppenhaus. Plötzlich ruft Tilly: „Wollen wir trotzdem?“ Sie lacht über Jellas verdutztes Gesicht und ist bereit, der Anordnung, die ihnen das Fahrstuhlfahren verbietet, ein Schnippchen zu schlagen. Jella steigt ein. Tilly ist klein und quirlig. Ein rotblonder Pferdeschwanz wippt in ihrem Nacken. Sie weiß bereits, daß Jella die „Neue“ ist, „die aus dem zehnten Stock“.
„Wir wohnen im neunten, Tilly Maschke heiße ich.“ Wenn Jella genauer hingesehen hätte, wäre ihr die Ähnlichkeit aufgefallen: Tilly hat ein rundes Gesicht und ebenso abstehende Ohren wie Kalle Maschke.
Im zehnten Stockwerk angekommen, steckt Tilly den Kopf zur Tür hinaus. Sie äugt, ob die Luft rein und der Flur leer ist. Dann schiebt sie Jella aus dem Fahrstuhl. Zu die Tür, und weg ist sie.
Am Abend liegt Jella hellwach im Bett. Was sie erlebte, wirbelt durch ihre Gedanken. Die Tür zum Schlafzimmer der Eltern ist angelehnt. Sie schlafen nicht. Jella kennt ihren Schlafatem. Sie sind müde nach allem Umzugsplack, den sie hinter sich haben; sind müde und hellwach zugleich, genau wie Jella in dieser ersten Nacht zwischen halb ausgepackten Kisten und halb ein-

geräumten Schränken, mit den Gedanken noch in Blauhügel und schon in Steinberke. Was wird Vater Jennert jetzt tun? Ob Zorre die Möhre aufgeknabbert hat, die Jella ihr brachte? – Wie breit die Fenster in Jellas Zimmer sind! Und morgen wird sie die Stadt erkunden.

Fremde Geräusche dringen an Jellas Ohr. Vor dem Fenster gegenüber dem Bett hängt ein Stück Nachthimmel, sternbesät, ein glitzerndes Feld. Ein Stern, der hellste unter den vielen, gleitet am Himmel auf und ab, ein tanzender Stern.

Jella springt aus dem Bett und läuft zum Fenster. Der Stern ist ein Licht und gehört zu einem Kran, dessen Arm in den Nachthimmel hineingreift.

Wie Seiten aus einem riesigen Rechenheft ragen die Häuserblöcke vor Jellas Augen auf. Kästchen bei Kästchen die Reihen der Fenster. Lichtkästen. Wie viele in jedem Haus? Dreihundert, vierhundert. Helles Licht, mattes Licht, hinter bunten Vorhängen, hinter weißem Tüll. Licht über Tischen und Bücherecken. Wer wohnt hinter den vielen Fenstern? In Blauhügel kannte Jella die Menschen, die Stuben; sie wußte, was hinter den Fenstern geschah, wenn die Lampen in den Ställen erloschen, wenn das helle Licht in den Küchen aufflammte, das matte neben den Bildschirmen. Hier ist alles fremd, und die Gewohnheiten, sich den Abend in der Stadt einzurichten, kennt sie nicht. Noch ist die Stadt eine Stadt aus Wunsch und Traum.

Der nächste Tag, der übernächste tragen Sonntagsgesichter. Sie haben Ferien genommen vom Alltag wie Jella von der Schule, wie der Vater von der Versuchsabteilung. „Zwei Tage“, hat er gesagt, „nicht länger. Wir stehen kurz vor der Probemontage.“

Jella geht durch die Straßen der Stadt. Der Tag gibt sich, als stehe ihm ins Gesicht geschrieben: Ich bin ein besonderer Tag, ich zeige dir die Stadt. Die Welt ist anderswo als in Blauhügel, hast

du gesagt. Hier ist sie. Erinnerst du dich an den Taubenbrunnen? Ich zeige ihn dir, nicht auf einem Stück Papier in einem dunklen Klassenzimmer. Leibhaftig wirst du ihn sehen. Solch ein Tag bin ich.

Und Jella geht mit langen Schritten wie in Blauhügel, sie trägt ihre braunen Kordhosen und den roten Pullover. Sie wirft die Zöpfe über die Schulter zurück. Wer sie ansieht, jeder, der auf dem breiten Schwellendamm an ihr vorübergeht, muß ihre Erwartung spüren.

„Guten Tag!“ sagt Jella.

Nun müßte geschehen, was in Blauhügel geschehen ist: ein Gruß zurück, und Timpes Rechnung würde aufgehen. „Geteilter Kummer ist halber Kummer, geteilte Freude ist doppelte Freude. Probier es“, hat er gesagt.

Doch die Leute hasten an Jella vorüber, sie haben anderes im Kopf. Zwei Jungen sehen ihr nach. „Warum grüßt die? Kennst du sie?“ Jella denkt: Ist ja wahr, was soll das, hundertmal am Tag „guten Tag“ zu schnarren? Nun grüßt sie nicht mehr. Nun geht sie allein mit ihrer Freude. Davon hat Timpe nichts gesagt: Die Freude, die niemand teilen will, nimmt ab. Unmerklich fast.

Unmerklich erst recht für jemand, den die Entdeckerlust durch die Straßen treibt, der auf dem Weg zum Taubenbrunnen ist. Als Jella aus dem Haus ging, hat sie noch nicht daran gedacht, jetzt aber läuft sie durch die Straßen und sucht den Taubenbrunnen. In ihrer Vorstellung reicht der Flug der Tauben bis zu den Fernsehantennen hinauf.

Doch sie findet den Brunnen nicht. Sie fragt einen Mann, eine Frau, einen Jungen und noch einen. Keiner kennt den Taubenbrunnen. Es ist zwecklos, noch länger kreuz und quer durch die Straßen zu irren. Als Jella das Suchen schon aufgeben will,

begegnet ihr Cuno Zack. Er kennt den Taubenbrunnen und sagt: „Du bist ja eben dran vorbeigelaufen.“ Er sitzt auf einer Bank und frühstückt und hat seinen Spaß an Jellas Verblüffung.
Keinen Brunnen entdeckt sie, ein Brünnlein nur. Die höchste Taube im Flug guckt bestenfalls zu den Fenstern des ersten Stockwerks hinein. Jella schüttelt den Kopf. Das kann der Brunnen nicht sein, den sie meint. „Ich habe ihn auf einem Bild gesehen, er ist viel größer“, versichert sie, „höher als die Häuserblöcke ist er.“
Cuno Zack holt eine Bierflasche aus seiner Tasche und streckt die Beine von sich. Sein Haar hängt ihm bis auf die Schultern.

Auf der Brust trägt er eine tätowierte Rose. Mit dem Taubenbrunnen, sagt er, kennt er sich aus, er hat sein Hemd dran aufgehängt; erstens, weil ihm bei der Arbeit warm geworden ist; zweitens, weil er gern hemdlos herumläuft; und drittens ist ihm der Taubenbrunnen zum Hemdaufhängen grade recht.
Er nimmt einen Schluck aus der Bierflasche, dann wischt er mit dem Handrücken über die Lippen. „Bilder können eine Menge hermachen“, behauptet er, „da legt sich einer auf den Bauch und fotografiert in den Himmel hinein, und schon zeigt er dir was anderes, als du siehst. Oder du entschließt dich und legst dich auch auf den Bauch, dann siehst du aus dem gleichen Blickwinkel wie er.“
Jella hat keine Lust, sich auf den Bauch zu legen, sie setzt sich lieber neben Cuno Zack, der läßt sein bärtiges Gesicht und die Brust mit der tätowierten Rose von der Sonne bescheinen.
Jella erfährt, daß Cuno Zack ein Anschläger ist, er hängt die Bauelemente für den neuen Häuserblock an den Kranhaken. Er ist außerdem Besitzer eines Motorrades und versteht sich auf Kartentricks. Aber jetzt hat er es satt, noch länger Auskunft zu geben. Er will schlafen. Er sitzt nicht hier, um mit einem Mädchen zu quatschen, dem die Zöpfe noch um die Schultern baumeln. Und wenn dieses Mädchen nicht merkt, daß es ihn stört, dann wird er das sehr schnell klarstellen. „Hau ab. Nun mach schon.“ Er schiebt seine Mütze über die Augen, über die Nase. Von seinem Gesicht bleibt nichts weiter zu sehen als ein Bart mit Mütze, von Zementstaub grau.
Jella geht; langsamer als zuvor geht sie den Weg zurück, den sie gekommen ist. Ein Gedanke steigt in ihr auf, sekundenflüchtig: Die Stadt ist anders, als sie erwartete, und der Taubenbrunnen ist ein Spielkrambrunnen mit einem flatternden Hemd im Wind.

Wennschon, dachte Jella, als Bodo Butzmann, der Junge auf der Treppe, sie abhängte. Wennschon, denkt sie auch jetzt. Sie gehört nicht zu denen, die sich an einem ersten Tag schon kleinkriegen lassen. Wennschon, wird sie wieder denken, spätestens morgen am ersten Schultag.
„Schulisch geht alles in Ordnung", hat Fräulein Weidmann zum Vater gesagt, „da gibt es für Jella keine Schwierigkeiten."
Die Sorge um Jellas Umschulung konnten die Eltern streichen. Jella selbst erwog sie erst gar nicht. Eine neue Schule, eine neue Klasse, neue Lehrer – wennschon.
Jella geht nicht allein an diesem ersten Schultag. Eine Viertelstunde vor Schulbeginn klingelt es an Rehbeins Wohnungstür. Draußen wartet Tilly. Sie ist gekommen, um Jella abzuholen. Sie gehen beide in die gleiche Klasse. „Fünf c", berichtet Tilly, „runde Truppe, ein bißchen kariert, wirst sehen."
Dann steht Jella vor Herrn Sindelfing.
Herr Sindelfing ist der Klassenlehrer. Er sieht selbst wie ein großer Schüler aus oder wie ein Student. Ein schmales, bebrilltes Gesicht wendet sich Jella zu, während einunddreißig Schüler ihre Blicke auf Jella richten. Einer von den einunddreißig ist Bodo Butzmann, eine Tilly. Alle anderen sind fremd.
Plötzlich ist Jellas Sicherheit wie weggeblasen. Sie möchte am liebsten davonlaufen. Hätte sie wenigstens die braune Kordhose angezogen, dann könnte sie jetzt die Hände in die Hosentaschen stecken. Wenn sie die Hände in die Hosentaschen steckt, überkommt sie ein Gefühl der Selbstsicherheit. Doch ausgerechnet zu dem hellgrünen Strickkleid hat sie sich an diesem ersten Schultag von der Mutter überreden lassen. „Es steht dir gut", behauptet die Mutter. Jella ist sich selten so unzulänglich vorgekommen wie in diesem Augenblick in diesem hellgrünen Strickkleid mit der weißen Passe.

Herr Sindelfing scheint um die Tücken dieser Minuten zu wissen, in denen Jella sich einer kichernden, tuschelnden Einmütigkeit ausgeliefert fühlt. Sie ist die „Neue", die anderen sind die Gemeinschaft. Zwischen sich und den anderen spürt sie die Wand neugieriger Blicke. Gleich wird Herr Sindelfing sie auffordern, ihre Geschichte herzusagen, wie sie heißt, woher sie kommt.

Doch Herr Sindelfing tut nichts dergleichen. Was es vorerst zu sagen gibt, nimmt er Jella ab, er hilft ihr über diese Klippe hinweg. Der erste Pluspunkt in Jellas Wertschätzung ist ihm sicher. „Was hast du zu tuscheln, Bodo? Was starrst du sie an? Sie hat zwei Arme, zwei Beine, sie trägt ein hellgrünes Strickkleid, ihre Schuhe sind braun, Schuhgröße siebenunddreißig vermutlich."

Das Kichern und Tuscheln befreit sich augenblicklich in Lachen. Nun hat auch Jella Grund, mitzulachen. Die Befangenheit weicht.

Jella bekommt ihren Platz neben einem Jungen zugewiesen; der Junge ist lang und schmal wie ein Schößling, semmelblond. Felix heißt er. Jella setzt sich und ist froh, die beklemmenden Augenblicke hinter sich gebracht zu haben. Soll sie Felix die Hand geben? „Tag", sagt sie.

„Tag", brummt er zurück.

Für die erste Stunde steht Biologie auf dem Plan. Das Thema: Pflanzenschädlinge und ihre Bekämpfung. Nichts Besseres kann sich Jella wünschen. Sie braucht nur das Buch ihrer Blauhügeler Erfahrungen aufzuschlagen; sie kennt sich aus mit Wühlmäusen, Drahtwürmern, Schnecken.

„Wann legt die Kohlfliege ihre Eier ab?"

Jella meldet sich, noch ehe Herr Sindelfing die Frage beendet hat. „Von Mitte April an, über dem Wurzelhals der Pflanze. Die aus den Eiern hervorgehenden Larven benagen den Wurzelhals und bohren sich ein. Die Pflanzen verkümmern. Zweimal Gießen mit Ruskalin im Abstand von je einer Woche vernichtet Eier und Larven."

Nicht lange hält Jellas Sicherheit an. Als es zur Pause klingelt, läßt Herr Sindelfing die Klasse antreten. Wenn man, wie Jella, fünf Jahre lang in der ersten Reihe stand, weil man zu den Längsten in der Klasse zählte, dann bleibt man auch in einer neuen Klasse gleich vornan stehen. Doch Jella gehört nicht mehr in die erste Reihe. Dort steht Bodo Butzmann bärenbreit neben Felix. „He! Du Mistpfützenkrebs, mach, daß du weiter nach hinten kommst!"

Jella muß einen Schritt zurücktreten und noch einen. Sie ist die fünfte. Die Lacher sind auf Bodos Seite, mindestens zur Hälfte der Klasse. Er ist mit sich zufrieden, dieser Jella hat er es gegeben.

„Mädchen, die einen Jungen auf der Treppe anquatschen", sagt er zu Felix, „so was lasse ich glatt absausen."

Jella spürt, wie ihr die Röte ins Gesicht steigt. Doch sie sagt kein Wort, ist bemüht, sich einzureihen, und sagt kein Wort. Freitag, Toni, Gundel, Katrin – niemand in ihrer alten Klasse hätte es gewagt, sie „Mistpfützenkrebs" zu nennen; und niemand in ihrer alten Klasse würde es für möglich halten, daß sie eine solche Beleidigung schweigend hinnimmt.

Was ist los mit ihr? Warum fällt ihr nichts ein, um Bodo Butzmann eine Antwort zu geben, eine Abfuhr, Schlag um Schlag, eins zu eins?

Sie schluckt an ihrer Niederlage. So ungewohnt ist dieses Gefühl, wie der Platz, wie die Reihe, in der sie nun geht, vor ihren Füßen andere Füße, denen sie zu folgen hat. Kein Freitag ist an ihrer Seite, der flitzt, wenn sie ihm etwas aufträgt.

Was hat sie dem fremden Jungen getan? Vielleicht gefällt ihm ihre Nase nicht, vielleicht kommt sie ihm zu anmaßend vor.
„Bei uns“, sagt Jella am Mittag auf dem Heimweg zu Tilly, „bei uns in Blauhügel war ich die erste. Der Beste war Toni Patzelt, aber ich war trotzdem die erste.“ Sie spürt, daß eine Enttäuschung in ihr aufsteigen will. Mit dem vertrauten „bei uns in Blauhügel“ versucht sie ihre Enttäuschung niederzureden.
Tilly ahnt, wie Jella zumute ist. „Bodo ist ein Angeber“, versichert sie, „aber er hat die Jungen hinter sich.“
„Laßt ihr euch das gefallen?“
„Was willst du machen? Der zieht dich an den Zöpfen, als wärst du ein Esel am Strick.“
„Bei uns in Blauhügel haben alle zusammengehalten.“
„Jungen und Mädchen?“
„Jungen und Mädchen.“
„Mädchen sind mir lieber.“
„Ich weiß nicht.“ Gundel und Katrin zum Beispiel fand Jella eher ein bißchen langweilig; kameradschaftlich aber auch. Manchmal brachten sie eine große Tüte voll Pfannkuchen mit in die Schule, frisch aus der Konsumbäckerei.
„Hast du eine Freundin gehabt?“
Jella hatte einen Freund. Er heißt Freitag.
„So richtig einen Freund?“
Jella nickt. Sie haben zusammen in der Höhle gelegen, sie haben Weißbrot mit Pflaumenmus gegessen und in die Wolken geguckt.
„Komisch.“
„Warum?“ Daß Freitag ein Junge ist, hat Jella nicht gestört.
Vor Maschkes Wohnungstür bleiben sie stehen. „Mir gefällt es auch nicht, daß wir uns immer kampeln“, versichert Tilly. „Vom ersten Tag an hat Bodo sich so aufgeführt. Da müßte mal jemand

so richtig dazwischenfunken." Tilly schickt einen prüfenden Blick zu Jella hin. Sie ist sich nicht im klaren, ob Jella dieser Jemand sein könnte. Heute jedenfalls sah es nicht danach aus. Jella antwortet nicht. Die Begegnung mit Bodo Butzmann hat ihr die Laune verdorben. „Kannst ja runterkommen nachher", schlägt Tilly vor, „ich habe einen Goldhamster und zwei Wellensittiche, die zeige ich dir."

„Mal sehen." Jella steigt die Treppe hinauf, Stufe um Stufe. Gestern hat sie zwei Stufen auf einmal genommen.

Rehbeins Wohnung ist leer; eingeräumt, als sei sie seit Tagen bewohnt, aber leer. Der Vater ist in der Versuchsabteilung, die Mutter arbeitet den ersten Tag in der GaLa. Jella räumt ihre Schulsachen in den Schrank, dann öffnet sie das Fenster und guckt hinunter auf die Stadt.

Der Auftritt mit Bodo Butzmann geht ihr nicht aus dem Kopf. Sie hat klein beigegeben, sie ist ihm die Antwort schuldig geblieben. Sie hat sich einschüchtern lassen. Ist sie nicht mehr die Jella Rehbein, die alle kennen?

„Schulisch geht alles in Ordnung, da wird es keine Schwierigkeiten geben ..." Doch! Es gibt Schwierigkeiten.

Sind die Häuser unter Jellas Fenster, die klotzigen Wohnblöcke, wie Cuno Zack sie nannte, wirklich so festlich in ihrer Helligkeit? Ragen sie nicht eher fremd und kalt vor Jella auf?

Fremd und kalt, so hat Freitag sich die Stadt vorgestellt. – Wo hat sie Freitags Bild hingelegt? Ins Schubfach? Ins Regal? Sie kramt in ihrem Nachttischkasten. Sie findet das Bild und heftet es an den Schrank. Unscheinbar nimmt es sich aus, vier Zentimeter im Quadrat, auf der großen Seitenwand des Schrankes. Die Reißzwecke verdeckt fast Freitags Stirn. Jella aber wird es leichter zumute. Sie setzt sich an den Tisch und schreibt einen Brief.

„Lieber Freitag.
Nun sind wir schon drei Tage hier. Du mußt nicht denken, daß es mir nicht gefällt. Die Häuser sind alle glatt und hoch, mit breiten Fenstern. Manches ist sehr praktisch, aber der Taubenbrunnen ist anders als auf dem Bild. In der Klasse sind wir einunddreißig, einer heißt Bodo Butzmann. Erst hat er überhaupt nichts gesagt und dann: Du Mistpfützenkrebs. Bäume gibt es hier nur ein paar. Sie bringen sie auf Lastwagen von irgendwoher, dann setzen sie sie in die Erde und machen Musik dazu."
Unten auf die letzte Zeile schreibt Jella: „Grüß alle, auch Zorre. In der Straße, in der wir wohnen, gibt es keinen Baum."
Als sie den Brief zum Briefkasten gebracht hat, bleibt sie zögernd vor Maschkes Wohnungstür stehen. Tilly öffnet die Tür, und Jella sagt: „Vielleicht guck ich mir doch mal deinen Goldhamster an."

VIII

Zwei Wochen sind vergangen; vierzehn Tage, trübe und freundliche. Vierzehnmal aufwachen und vierzehnmal einschlafen; zwölf Schultage, ein Lob in Mathe, ein glatter Reinfall in Geographie. Bodos Sticheleien und Tillys Unbekümmertheit. Dazwischen das Warten auf Freitags Brief. Und manchmal die Frage: „Na, wie gefällt es dir in der neuen Stadt?"
Einer, der fragt, ist Kalle Maschke. Im blauen Arbeitshemd, das Handtuch über die Schulter gehängt, das Haar feucht und igelig vom Waschen – so kommt er am Nachmittag aus dem Bad ins Wohnzimmer herüber, während Jella und Tilly die Hefte mit den Schularbeiten in ihre Mappen einpacken.

Er braucht die Antwort auf seine Frage nicht abzuwarten; auch ohne Jellas Antwort kann er sich zusammenreimen, wie es steht. Er zieht einen Stuhl an den Tisch heran und setzt sich neben sie.
„Nun laß man nicht die Ohren hängen! Soll ich dir sagen, was dich verbiestert? Du hast die Zeit nicht erwarten können, hierherzukommen. Und nun ist es anders, als du es dir vorgestellt hast, habe ich recht, nu?"
Jella schweigt.
„Nunu! Du bist durch die Straßen gelaufen und hast geglaubt, wenn man so durch die Straßen läuft, ist man schon heimisch drin. Ächa. So einfach ist das nicht. Um heimisch zu werden, braucht's mehr."
Das sagt auch Herr Sindelfing. Jella möchte dahinterkommen, was dieses „mehr" denn ist. Wie in einem Wartesaal kommt sie sich in dieser Stadt vor, wie jemand, der alles Nötige, was er braucht, bei sich hat im Koffer oder im Kleiderschrank, griffbereit, und der trotzdem das Gefühl nicht los wird, dazustehen, fremd im Gedränge, und zu warten. Zu warten worauf? Was braucht es, um heimisch zu werden?
Ein Nachmittag kann lang sein. Schularbeiten beendet. Laut Einkaufszettel ein Stück Butter, zehn Eier, ein halbes Kilo Quark eingekauft. Und nun? Der Vater hat Jella gestern abend verständnislos angesehen. „Komm mir bloß nicht und sage, du hast Langeweile." In Blauhügel hat Jella keine Langeweile gekannt. Hier guckt sie müßig zum Fenster hinaus.
Der Fahrstuhl, die Lautsprecheranlage vom Hauseingang zu den Wohnungen hinauf – am ersten Tag, am zweiten noch war beides eine Neuigkeit für sie; doch am neunten Tag schon ein alter Hut. Es ist auch wenig reizvoll, jeden Nachmittag Tillys Goldhamster zu bestaunen und die Wellensittiche von den Gardinenstangen herunterzulocken. Jella findet ohnehin keinen Gefallen an den

Tieren dieser Stadt. Molche, Schildkröten, Fische; in Aquarien, hinter Käfiggittern. Kaum mal ein Dackel, der frei auf der Straße herumlaufen darf. „Wart's ab", hat der Vater versichert, „wenn ich die Montage hinter mir habe, kaufe ich dir ein Fahrrad. Alle drei kaufen wir uns Räder. Dann fahren wir sonntags raus aus der Stadt. Wirst sehen, wenn du erst einmal die Umstellung hinter dir hast, dann kennst du keine Langeweile mehr."

Ein neues Fahrrad hat sie sich gewünscht. Doch die Langeweile dieser Stunde vermag die Aussicht auf das Fahrrad nicht zu vertreiben. Und die Umstellung, von der der Vater spricht, erscheint ihr wie ein Berg. Wie soll sie ihn hinter sich bringen?

Wenn einer jetzt käme und sagte: Lauf mal eben los – so wie Klaus Kürbs das in Blauhügel oft gesagt hat –, lauf mal eben los aufs Feld und sag Bescheid. Es gab immer etwas zum Bescheidsagen. Wenn so einer wie Klaus Kürbs jetzt käme: Lauf mal eben los zum Bau Soundso – Jella würde loslaufen, und wie schnell!

Doch es kommt keiner.

In Blauhügel war sie in allem mittendrin, in der Schule, in der Genossenschaft und im Dorf. Sie wußte, worum es ging, sie konnte zupacken. „Macht man, Kinder!" Und was sie unternahmen, damit konnte die Genossenschaft etwas anfangen; die Kaninchenbox in Timpes leerem Kuhstall, das Steinelesen auf der Erlenkippe. Ein Gedanke steigt auf. Jella drängt ihn zurück, doch er nistet sich ein: In einer Stadt wie Steinberke können Kinder nicht helfen so wie in Blauhügel.

Die Mutter sieht Jellas verstörtes Gesicht, als sie von der Arbeit nach Hause kommt, als sie beim Abendbrot sitzen, als sie den Kopf zur Tür von Jellas Zimmer hereinsteckt, um gute Nacht zu sagen. Wenn Jella nicht klarkommt mit ihren Gedanken, hat sie einen Ausdruck im Gesicht, wie wenn es weiße Bohnen zu

essen gibt. Bei weißen Bohnen bekommt sie einen starren Blick, und ihre Lippen werden schmal.
Die Mutter schließt die Tür, dann setzt sie sich zu Jella auf die Bettkante: „Na, Robinson, was ist?“
Jella liegt, die Hände unter dem Kopf verschränkt. Eine Frage ist in ihren Augen: Wie wird die Mutter mit allem fertig? Hat sie Blauhügel hinter sich gelassen, die Erlenkippe? Was denkt sie, wenn sie morgens in dem engen Fahrstuhlgeviert steht, wenn sie zur GaLa geht?
„GaLa“, hat Jella zu Freitag gesagt, „das klingt nach was Besonderem.“ Die Zeitschrift fällt ihr ein, das Titelblatt mit dem Foto der üppigen Polyantarose Elvira Moser. Zwischen blühenden Polyantarosen hat sie die Mutter stehen sehen. Statt dessen räumt sie Bauschutt von Straßen und Plätzen, und ihre Hände werden rissiger von Tag zu Tag.

„Ich habe von Anfang an gewußt, daß es nicht leicht wird, auch für dich." Jella ist froh, daß sie mit der Mutter reden kann und daß die Mutter ihr nichts vormacht. Eine Erinnerung ist plötzlich da. Als sie noch in Blauhügel lebten, empfand Jella den Vater als ihren Verbündeten. Es drängte sie beide fort aus dem Dorf. Aus dem Vertrauten, Bekannten zog es Jella in das Fremde, Unbekannte. Jetzt plötzlich spürt sie, daß sie sich nie von Blauhügel trennen wird. Der Mutter kann es nicht anders ergehen.
„Wir beide", sagt die Mutter, „wir haben Blauhügel nicht verloren. Nur was man vergißt, ist aus und vorbei." Dann erzählt sie von ihrer Arbeit bei der GaLa. Obwohl sie mit ihren Gedanken in Blauhügel ist, redet sie von dem, was sie in Steinberke schaffen werden. „Laß mich nur erst wieder Erde unter den Fingern haben, statt Bauschutt und Zementstaub."
Während sie aufsteht und Jellas Bücher im Regal ordnet; während sie den Stein in der Hand hält, den kiesgelben Stein aus dem Wälser Schachtteich; während sie fühlt, wie glatt, wie kühl er ist, sagt sie: „Solch eine Stadt ist wie ein mächtiges Getriebe. Man muß die Stelle finden, wo man hingehört."
„Und wenn man sie nicht findet?"
„Dann wird die Stadt nicht, was sie werden könnte, und man bleibt immer draußen."
Das Gespräch geht Jella nicht aus dem Kopf. Was ist das für eine Stelle, wo sie hingehört? In der Klasse zum Beispiel, wen kümmert es, ob sie da ist? Felix sitzt neben ihr, als wisse er nicht, was er mit ihr reden soll. Mit Tilly macht sie am Nachmittag ihre Schularbeiten. Herr Sindelfing hat ihr gestern die Abrechnung über die Schulspeisung übertragen. Doch wenn sie es genau bedenkt, geht alles auch ohne sie seinen Gang. „Dreimal besser sogar", behauptet Bodo Butzmann.

Es ist während der letzten Unterrichtsstunde. Herr Sindelfing geht mit ihnen durch die Stadt. Den Bau des höchsten Hochhauses wollen sie besichtigen, den ächzenden Montagekran neben den Stapeln von Bauelementen. Cuno Zack wird eine Sondervorstellung geben, er wird die Bauelemente an den Kranhaken hängen, und der Kranarm wird sie über den Bauplatz hieven. Diesen Verlauf der Dinge zumindest prophezeit Bodo Butzmann. Cuno Zack ist sein Freund: „Ein Kerl, sag ich euch." Bodo behauptet, er kenne Cunos Kartentricks, er habe auf Cunos Motorrad gesessen, hinten auf dem Soziussitz, und mit Geknatter seien sie beide quer über den Bauplatz gefahren.
„Wenn's stimmt", Jella muß daran denken, daß Cuno Zack sie nicht einmal neben sich auf der Bank geduldet hat.
Der Weg führt über breite, saubere Asphaltstraßen, über Knüppeldämme und Betonschwellen. Keine einhundertfünfzig Meter vom Wohnblock siebenhundert entfernt, wächst aus klotzigen Bauelementen der Wohnblock siebenhundertundeins. Nicht zehn Stockwerke, vierundzwanzig Stockwerke hoch wird dieser neue Wohnblock sein. Sie stehen davor und recken die Hälse. Mit ein paar Sätzen baut Herr Sindelfing das Hochhaus in ihrer Vorstellung zu Ende, einschließlich – das vor allem bleibt bemerkenswert –, einschließlich der vollinstallierten Raumzelle, die in wenigen Tagen in dem soeben fertiggestellten neunzehnten Stockwerk in Probemontage gehen wird.
Bodo stutzt. Seine Neugier ist geweckt. Eine vollinstallierte Raumzelle – was soll er sich darunter vorstellen?
Sie drängen sich im Halbrund um Herrn Sindelfing herum; neben Bodo steht Jella.
„Sag bloß, du weißt nicht, was eine vollinstallierte Raumzelle ist!" sagt Jella. Diesen Satz überhört Bodo, sonst müßte er zugeben, daß er davon tatsächlich keine Ahnung hat.

Jella hingegen kennt die eng bekritzelten Seiten in dem dicken, schwarzen Schreibheft ihres Vaters, sie hat die Zeichnungen gesehen, mehr als das, in ihrem Leben hat die Raumzelle eine beträchtliche Rolle gespielt.
Anfangs redet sie unbekümmert und absichtslos. Bodo hat gefragt, und sie antwortet. Doch plötzlich bekommt sie Lust, Bodo zu zeigen, was sie weiß. Neulich hat sie sich von ihm überrumpeln lassen. Jetzt ist sie am Zug. Es ist einen Augenblick lang wie in Blauhügel: Alle hören ihr zu. Sie spürt die Aufmerksamkeit in den Gesichtern; Tilly rückt näher an sie heran. Der Kreis um sie herum wird enger.
Das gefällt Bodo Butzmann nicht. Wie dreist sie vor ihm steht! Wie sie mit ihrer Geschichte die Zuhörer einfängt, und wie anmaßend sie ihn ansieht! Er dreht sich weg und tut, als seien Raumzellen plötzlich uninteressant. „Laß sie quatschen!“ sagt er zu Felix.
Herr Sindelfing aber ist ganz und gar anderer Meinung als Bodo. „Erzähle weiter“, ermuntert er Jella, und er läßt keinen Zweifel darüber, daß eines ihm so gut gefällt wie das andere: Jellas Geschichte über die Raumzelle und die Art, in der sie Bodo Butzmann entgegentritt und sich behauptet.
Bodos Entschluß aber ist inzwischen gefaßt. Er wartet nur noch, bis Herr Sindelfing die Unterrichtsstunde abschließt und mit seiner Mappe unter dem Arm nach Hause geht. Mit gewichtiger Miene baut er sich vor den Jungen auf, während sein Blick die aufragende Fassade des Hochhauses mißt.
„Neunzehn Stockwerke“, sagt er, „Mann, da mal hochkraxeln und von oben runterspucken.“
Jella hört es. Jella soll es hören.
Er prüft die Gesichter rundum, die Gesichter der Jungen. Die Mädchen würdigt er keines Blickes. Die Jungen umringen ihn.

Da mal hochkraxeln, eine zünftige Idee ist das. Durch die Absperrung durch; die Bretter, die den Eingang zum Rohbau abdecken, sind rasch beiseite gestellt. Bleibt nur noch zu fragen, wann es losgehen soll.
Jella drängt sich zwischen die Jungen. „Das wird 'ne Wucht, da komm ich mit."
Bodo vertritt ihr den Weg. „Du bleibst da!"
Ein paar Jungen mischen sich ein. „Laß sie mitkommen."
„Nichts laß ich. Um fünf, auf die Minute."
Er geht. Die Jungen folgen ihm, sie folgen ihm tatsächlich alle, ausnahmslos. Und pünktlich um fünf Uhr werden sie wieder zur Stelle sein, das weiß er.
„In Rohbauten rumklettern", ruft Tilly ihnen nach, „laßt euch nicht von meinem Vater erwischen!"
Jella bleibt mit den Mädchen zurück. Je länger sie nachdenkt, um so verlockender erscheint ihr der Plan. Er könnte von ihr sein, wenn er nicht von Bodo wäre. Jetzt wird es sich entscheiden, ob sich die Mädchen weiterhin von Bodo vorschreiben lassen, was sie dürfen und was sie nicht dürfen, oder ob sie bereit sind, ihm einen Denkzettel zu geben. Eine solche Gelegenheit kommt so bald nicht wieder.
„Wenn sie um fünf losziehen", verkündet Jella, „sind wir auf alle Fälle zehn Minuten früher da!"
„Ich nicht", antwortet Tilly. Dabei weiß sie genau, worum es geht; sie verlangt sonst immer, es müsse endlich mal einer kommen, der dazwischenfunkt und Bodo die Meinung sagt – und nun kneift sie. Und die anderen? Stehen da und tun, als gehe sie das kaum etwas an. „Stellt euch vor: Wenn sie japsend die Treppe hinaufkraxeln, sind wir schon oben." Ist das so schwer zu begreifen: Wer Bodo beikommen will, muß sich mehr einfallen lassen als kluges Gerede. „Also, was ist?"

„Nichts ist", beharrt Tilly.
Jella ist aufgebracht. Wenn ihnen allen das gleichgültig ist, wie die Jungen mit ihnen umgehen – ihr, Jella, ist es nicht gleichgültig. Und wenn sie zu feige sind, mitzukommen, dann geht sie allein. Das sagt sie nicht, das denkt sie. Sagen wird sie nichts mehr. Bis zu Maschkes Wohnungstür hinauf geht sie schweigend neben Tilly her. Von wegen „runde Truppe", wie Tilly sagte, ein Haufen ist das, aber keine Klasse. Das wird nie eine Klasse, wenn sie so weitermachen.
„Laß dir was Besseres einfallen", lenkt Tilly ein.
„Beim Fahrstuhlfahren warst du nicht so zimperlich." Jella läßt Tilly stehen ohne einen Gruß.
Zehn Minuten vor fünf verläßt sie das Haus. Sie läuft über den Knüppeldamm zum Wohnblock siebenhundertundeins, pirscht an der Betonmischmaschine, an den Stapeln der Bauelemente entlang, am ersten Verbotsschild, am zweiten vorbei. Der Bauplatz liegt verlassen. Jella treibt der Groll auf Tilly, auf die anderen Mädchen, die sich nicht gegen Bodos Selbstgefälligkeit und sein Gewese zur Wehr setzen. Den Ausdruck hat sie von Vater Jennert. „Mach nicht solch ein Gewese", sagt er, wenn der Ganter auf dem Hof spektakelt.
Als Jella im Rohbau des Hochhauses verschwindet, beginnt ihr Groll zu weichen. Sie freut sich auf Bodos verdutztes Gesicht, wenn sie sich plötzlich hoch oben im Rohbau des Treppenhauses begegnen.
Jella steht in einem Labyrinth von Gängen und Gevierten. Die Treppen führen steil nach oben, sie sind ohne Geländer. Anfangs läuft Jella flink und mühelos. Ihre Schritte hallen wider. Sie hastet immer schneller, sie muß oben sein, wenn die Jungen unten den Rohbau betreten. Durch die offenen Türhöhlen wirft sie einen Blick in den dunkel gähnenden Fahrstuhlschacht.

Allmählich werden ihre Schritte langsamer. Im zehnten Stockwerk bleibt sie zum erstenmal stehen. Sie sieht hinunter. Der Rohbau erscheint ihr wie ein riesiges Skelett. Ihr Herz klopft. Unwillkürlich rückt sie näher zur Wand. Die steilen Treppen ohne den gewohnten Halt am Geländer nehmen ihr die Sicherheit. Sie ist das einzige Lebende, Atmende zwischen den rauhen, kühlen Betonmauern. Die Augen auf das Ziel hinrichten und nicht zurücksehen – irgendwann hat sie das einmal gehört. Doch ein unwiderstehlicher Zwang zieht ihren Blick nach unten.
Jetzt hastet Jella nicht mehr, jetzt tastet sie an den Wänden entlang. Sie vermeidet den Blick in die Tiefe des Fahrstuhlschachtes. Vier Treppen sind es noch. Vier.
Plötzlich eine Stimme. „Ist da wer?“ Die Stimme dröhnt, als säße sie in jedem Stockwerk zugleich. Neunzehn Stimmen dröhnen und hallen von den Wänden wider. „Ist da wer?“
Jella atmet kaum. Am Eingang zum Rohbau nimmt sie eine Gestalt wahr; ein Gesicht, das sich nach oben kehrt. In diesem Augenblick erkennt sie Kalle Maschke.
Er sieht sie stehen, an die Wand gepreßt, den roten Pullover. Bestürzung zeichnet seine Stimme. „Bleib stehen! Rühr dich nicht von der Stelle! Und lehne dich nicht an, setz dich hin, verflucht noch mal, setz dich hin und bleib sitzen. Ich komme.“
Er keucht die Stufen hinauf. Sie hört sein Schnaufen und Keuchen. Erbärmlich ist ihr zumute. Sie hat Angst. Kalle Maschke packt ihren Arm. Er reißt sie von der Stufe hoch, auf der sie sich hinsetzte. Je weiter sie nach unten kommen, je mehr sie der Gefahr entgehen, um so mehr tobt er, um so mehr treibt ihn der Zorn. „Wie kannst du dich unterstehen, Teufel noch eins? Das möchte ich wissen! Haargenau möchte ich das wissen!“ Sie hätte sich den Hals brechen können. Die Bauelemente

sind heute erst aufgestellt worden, die Wände sind frisch verfugt. „Was denkst du, warum die Verbotsschilder dastehen? Weil einer sich einen Spaß macht, anderen Leuten Schilder vor die Nase zu setzen?"
Er geht nicht neben ihr, er schiebt sie noch immer vor sich her und kann sich nicht beruhigen. Der ausgestandene Schrecken steckt ihm in den Gliedern.
Hinter einem Stapel von Bauelementen kauern Gestalten. Den braunen Haarschopf von Bodo erkennt Jella, den semmelblonden von Felix. Als sie mit Kalle Maschke näher kommt, verschwinden sie hinter dem Stapel. Kalle Maschkes Vorwürfe hageln auf Jella ein. Den Jungen entgeht kein Wort.
Das nun ist Jellas Sieg! Nicht einmal dieser schmähliche Abgang vor den Augen und Ohren der Jungen bleibt ihr erspart. Alles kehrt sich gegen sie. Alles.

IX

Der vergangene Tag ist an den beginnenden durch einen unruhvollen Traum gekettet. Den letzten Traum, an den sich Jella erinnert, träumte sie in Blauhügel; Vorfreude und Erwartung hatten den Traum gebracht. In der vergangenen Nacht aber war er voll Angst und Beklommenheit, obwohl der Abend mit den Eltern geruhsam verlief. Die Eltern ahnten nichts von dem, was vorgefallen war, und Jella sagte ihnen nichts davon. Der Vater redete und war selten so aufgeräumt gewesen wie gestern abend. „Morgen", sagte er, „morgen ist es soweit." Es werde ein aufregender, ein entscheidender Tag. Jella blieb einsilbig und wartete darauf, schlafen zu gehen.

Das eigentümliche, das verwirrende ist, daß es Jella nicht einmal, sondern zweimal zugleich gab; in ihrem Traum war sie Kalle Maschke und Jella zugleich. Sie jagte noch einmal in dem riesigen Rohbau die Treppenstufen hinauf, sie hastete nach oben, wo ein schmales Himmelsgeviert sichtbar wurde. Oben waren Luft, Wind, Sonne. Oben gab es keine Angst. Doch sie erreichte die letzten Stufen nicht. Der schwarze Fahrstuhlschacht gähnte vor ihr, das starre Mauernskelett umschloß sie.

Gleichzeitig jedoch, das war das scheinbar Widersinnige, gleichzeitig sah sie sich stehen an der Stelle, an der Kalle Maschke gestanden hatte. Mit diesem „Ist da wer?" rief sie sich selbst zurück. Sie hastete sich selbst entgegen, das war das Verrückteste. Sie spürte, alles hing davon ab, daß diese beiden sich erreichten, daß sie sich selbst erreichte; allein darauf kam es an.

In diesem Augenblick dröhnte Bodos Lachen hinter den Stapeln von Bauelementen hervor. Sie hatte es in Wahrheit nicht gehört. In Wahrheit hatte es dieses Lachen vermutlich gar nicht gegeben. Doch jetzt, im Traum, lachte Bodo, und die Wände dröhnten von seinem Hohnlachen. Mit diesem Lachen im Ohr ist sie aufgewacht. Und plötzlich weiß sie: Sie hat Angst vor dieser Stadt, Angst vor ihren Häuserriesen. Sie fürchtet sich vor ihnen.

Sie tut, was sie jeden Morgen tut, seit sie hier ist. Ankleiden, Kaffee trinken, das Frühstück einpacken, die Wohnungstür zuschließen.

Vor Maschkes Wohnung bleibt sie einen Augenblick stehen, dann läuft sie rasch weiter. Sie will jetzt nicht mit Tilly reden.

Den Blicken der Jungen weicht sie aus, als sie die Klasse betritt. Die Jungen stehen beieinander. Sie mustern Jella mit Neugier im Blick, als sei sie heute zum erstenmal in der Klasse. Was sie

riskiert hat gestern, haben sie ihr nicht zugetraut. Was wird Bodo sagen?
Bodo tritt ihr entgegen: „So dämlich können bloß Mädchen sein, vor Schichtschluß auf den Bauplatz zu traben. Ist doch klar, daß da noch einer von den Bauarbeitern rumkurvt."
Daß Bodo noch nie so viele Worte für sie übrig hatte, das bedenkt Jella nicht. Wovon redet er?
Ihr Entschluß, ihn auszustechen, liegt weit zurück.
Im Unterricht ist sie zerstreut. Warum kann sie nicht heimisch werden in dieser Stadt? Seit gestern ist alles nur noch schwieriger geworden.
Kalle Maschke meint das nicht. Er versteht Jella und ihre Kraxeltour, wie er es nennt. Nicht daß ihm seine Grobheit, mit der er sie vom Bau herunterholte, leid tut. Aber er kann sich vorstellen, daß es sie gereizt hat, den Rohbau zu besteigen wie einen Aussichtsturm. Den Weitblick haben, die Übersicht, das will jeder; und mitunter noch vor den anderen. Sie wollte den Jungen zuvorkommen, soviel hat er von ihr erfahren.
Er wird mit Lehrer Sindelfing, er wird mit Jellas Eltern reden; es geht ihm etwas durch den Kopf.
„Ich habe da so'n Problem", sagt er zu Jella, „darüber werde ich mal ein paar Takte von mir geben."
In der Frühstückspause bekommt Cuno Zack bereits eine erste Kostprobe von Kalle Maschkes Problem. „Gestern habe ich hier ein Mädchen runtergeholt. Die Neue aus unserem Wohnblock."
Cuno kennt sie. „Das ist sowieso eine Kiebige, die alles immer gleich genau wissen will."
„Dagegen habe ich nichts, wenn einer die Augen offenhält. Bloß ..."
„Was?"

„Ich überlege mir, so in der ersten Zeit, verstehst du, da ist das für die Kinder hier gar nicht immer so leicht."
„Du machst mir Spaß. Bin ich 'ne barmherzige Abteilung? Wir klotzen die Hochhäuser hin. Das reicht mir."
„Und den Kindern?"
„Was?"
„Ich meine, ob's denen auch reicht? Nu?"
„Fragen stellst du. Ist die Stadt eine Wucht oder nicht? – Na also!" Wenn einer etwas gegen diese Stadt sagt, wird Cuno wild.
Kalle Maschke schneidet mit dem Messer ein Stück von seinem Frühstücksbrot ab und schiebt es in den Mund. „Häuser hinklotzen", beharrt er, „das ist das eine. Aber so drin leben, daß alle sich wohl fühlen, das ist das andere. Und jedenfalls ist das so'n Problem."
Cuno Zack steckt sich eine Zigarette in den Mund. Er dreht sein Kofferradio auf und überlegt, ob er heute nachmittag noch schaffen wird, sein Motorrad zu reparieren. Zunächst aber ist die Montage dieser Raumzelle fällig, auf die er selbst gespannt ist.
Kein Lautsprecherauto fährt durch die Straßen, keine Zeitungsleute sind erschienen, dennoch – etwas liegt in der Luft. Immer mehr Leute versammeln sich rund um das Baugelände; Fußgänger, Bürger dieser Stadt, mit Einkaufstaschen, mit Kinderwagen. Jeder sechste Bürger von Steinberke fährt im Kinderwagen. Die Leute bleiben am Rand des Baugeländes stehen. Die Nachricht von der Probemontage der Raumzelle bringt sie miteinander ins Gespräch.
Tilly behauptet auf dem Heimweg von der Schule, sie kenne einen Erdwall, von dort aus wird Jella den ganzen Bauplatz übersehen. Tilly hat recht, der Erdwall erweist sich als ein

vorzüglicher Beobachtungsstand. Der riesige Montagekran steht unmittelbar in Jellas Blickfeld vor dem Wohnblock siebenhundertundeins. Cuno Zack hantiert unten bei den Bauelementen, Kalle Maschke mit seiner Brigade oben auf dem Bau.
Im abgesperrten Gelände, in einer Gruppe von Arbeitern erkennt Jella den Vater. Alle Mitarbeiter der Versuchsabteilung sind auf den Beinen. Es ist ihr Tag. Nach einhundertvierundvierzig Versuchen der Augenblick, der ihnen alle Mühe lohnen soll.

Aus der letzten Reihe der Wartenden schieben sich Bodo, Felix und die anderen Jungen nach vorn. Bodo steuert auf den Erdwall zu. Jella und Tilly bekommen Gesellschaft.
Eine Klingel schrillt. Der Kran setzt sich in Bewegung. Gemächlich, würdig, mit steifem Rückgrat schiebt er sich auf dem Krangleis voran. Jetzt dreht er sich. Der Schwenkarm greift über den Bauplatz hin. Er hält auf Cuno Zacks Standort zu. Die Riesenkiste vor den Stapeln der Bauelemente – das muß die Raumzelle sein.
Alle Blicke gehen mit dem Kranhaken mit. Jetzt neigt sich der Kranarm, jetzt muß Cuno Zack aufpassen. Er kennt seinen Auftritt. Für Augenblicke ist er die Hauptperson. Er hängt die Riesenkiste an den Kranhaken an, genauso gemächlich, wie der Kranarm sich bewegt hat. Seine Hände stecken in derben Fausthandschuhen, breit wie Bärentatzen.
„Mehr nach links“, peilt Bodo, „Mann, Cuno, mehr nach links!“
„Mehr nach rechts!“ behauptet Felix.
„Jetzt!“
„Noch nicht!“
„Aber jetzt!“
Die Raumzelle hebt sich, sie schaukelt am Kranhaken. Nun sehen es alle: Ein Badezimmer, ein vollinstalliertes, ein komplettes Badezimmer schwebt durch die Luft. Eine hellblaue Badewanne, dunkelblau gekachelte Wände, Waschbecken, Spiegel, selbst die Abflußrohre sind installiert und staken aus der Seitenwand des Badezimmers heraus.
Mit offenem Mund verfolgt Bodo den Weg der schwebenden Raumzelle. Er reckt sich auf: „Klasse!“
Jetzt senkt sich der Kranarm. Jetzt setzt er das Badezimmer genau an der Stelle ab, an der die künftigen Bewohner des

Wohnblocks siebenhundertundeins in ihre Badewanne steigen werden.
Ein Raunen in den Reihen der Schaulustigen, ein Aufatmen nach angespannter Erwartung. Kalle Maschke winkt zu Cuno Zack hinunter und hinüber zum Kranfahrer. Cuno Zack winkt zu Kalle Maschke zurück. Händeschütteln in der Gruppe rund um den Vater. Geschafft! Heute eine vollinstallierte Raumzelle, morgen eine vollinstallierte Wohnung, plastleicht und transportabel. Wohin mit der Wohnung, bitte? Einen Monat ins Gebirge, den folgenden an die See, wenn es keine Umstände macht. Später dann zurück in die Stadt. Hängen Sie die Wohnung ins dreißigste Stockwerk ein. – Die Raumzelle also ist erst der Anfang.
Tilly hält es nicht länger auf dem Erdwall. „Los, kommt! Wir laufen hin!" Sie greift nach Jellas Hand. Was stellt Jella sich so schwerfällig an? „Jetzt arbeitet sowieso keiner mehr, jetzt wird gefeiert. Da laufen sie schon durch die Absperrung, da, siehst du, da ist deine Mutter. Nun komm doch!"
Jella erkennt die Mutter, sieht, wie sie auf den Vater zugeht, wie sie ihm die Hand gibt. „Den Vater laß bei seiner Arbeit, der muß den Kopf jetzt freihaben", das hat die Mutter zu Jella gesagt; jeden Tag, seitdem sie hier sind. Und der Vater gestern abend, als er mit Jella zusammen am Tisch saß: „Daß die Probemontage gelingt, das bin ich auch der Mutter schuldig."
Nun ist die Probemontage gelungen – weshalb kann Jella sich nicht freuen? Die Probemontage der Raumzelle bedeutet für den Vater das gleiche wie für die Mutter das Futterfeld auf der Erlenkippe. So viele Berechnungen hat er für die Raumzelle angestellt, so viele Seiten in seinem schwarzen Heft hat er eng beschrieben; so vieles kennt und weiß er, doch er weiß nicht, wie Jella zumute ist; er ahnt nicht, daß sie die Häuserblöcke, daß sie die Raumzelle, daß sie das alles hier rundum nicht mehr mag.

Jella fühlt sich ausgeschlossen aus der Freude. Ohne ein Wort zu sagen, läßt sie Tilly stehen und geht vom Bauplatz fort, geht traurig die staubige Straße entlang. Sie möchte etwas tun. Was?

Wenn hier in dieser Straße mit dem Schwellendamm, in dieser steingrauen Straße plötzlich ein Baum stünde? Was für ein Baum? Einer, der schnell wächst, bis zum zehnten Stockwerk hinauf. Er guckt zum Fenster herein, wenn Jella mit den Eltern im Wohnzimmer sitzt. Alle würden sich freuen über den Baum. Auch Kalle Maschke und die anderen Nachbarn. Ich pflanze einen Baum, er soll wachsen und groß und prächtig werden!

Im Keller findet Jella den Spaten, mit dem sie in Blauhügel Zorres Möhrenbeet umgrub. Hinter dem Baugelände erreicht sie das Brachland, verwilderten Acker und niedriges Gehölz, wo künftig Stadt sein wird. Im Gehölz drängen sich Birken und Kiefern. Eine Pappel soll es sein. Pappeln wachsen schnell, schlank und schmal. Den Fuß der Erlenkippe säumten Pappeln. Ihr Laub raschelt anders als anderer Bäume Laub. Es lispelt. Es flüstert im Wind und klappert im Sturm.

Da ist eine junge Pappel, ein Sämling, der Jellas Prüfung standhält. Der soll es sein: Mehr als einen Meter hoch und kräftig im Stamm. Regelmäßig der Wuchs der Zweige. Frisch grün glänzend die Blätter. Auf der Unterseite matt, grausilbern wie Samt.

Jella kehrt mit der Pappel zurück. Wie eine Fahne trägt sie das Bäumchen über den Schwellendamm und bringt es in die Stadt. Sie hat den Spaten geschultert und ist besorgt, daß sich die Wurzeln des Sämlings nicht von der krümeligen Muttererde lösen.

Neben dem Hauseingang räumt sie Bretter und Steine beiseite und gräbt ein Loch in die Bauschutterde. Die Arbeit ist ihr vertraut, Hacke und Spaten sind ihr vertraut. In der gewohnten Tätigkeit findet sie ihren Gleichmut wieder. Wenn sie, Jella, sich in dieser Stadt wohl fühlen soll, dann muß die Stadt es sich gefallen lassen, daß sie hier einzieht mit dem, was sie braucht. Jella setzt die Pappel bis zum Wurzelhals in die offene Pflanzgrube ein. Die erdigen Hände wischt sie am Hosenboden ab. – Da steht Felix vor ihr.

Seit geraumer Zeit schon sieht er ihr vom Hauseingang aus zu. Seit gestern, seitdem Kalle Maschke sie vom Rohbau herunterholte, denkt er über Jella nach. Erst macht sie diese Klettertour, und nun setzt sie den Baum in die Erde. Er weiß nicht recht, was er davon halten soll. Will sie sich wichtig machen?

Jella paßt es nicht, daß er hier herumsteht. Zugucker mag sie nicht, und jetzt schon gar nicht. Gleich wird er fragen: Was machst du da? Und auf eine so dämliche Frage wird sie genau so dämlich antworten: Ich pflanze einen Baum. Das ist exakt die Wahrheit und doch nur ein Teil davon. Es ist ihre Sache, was sie hier tut, die wird sie sich von ihm nicht zerreden lassen.

Doch er redet nicht, das stört sie erst recht. Sie ist darauf bedacht, den Baum gut in die Erde zu bringen. Weil Felix aber dasteht und guckt, guckt sie wieder, um zu sehen, ob auch er noch guckt. Das geht so her und hin, bis die Pappel tief genug in der Pflanzgrube steckt und ihre Wurzeln sich breiten können.

Als Felix schließlich doch etwas sagt, ist es nicht das, was Jella erwartet hat; sondern eher das, was sie am wenigsten erwartete. „Soll ich Wasser holen? Im Buch steht, daß man die Wurzeln einschwemmen muß.“ Er könne das schon mal machen, sagt er, weil er grad nichts Wichtigeres zu tun habe.

Jella muß lachen, weil einer ein Buch braucht, um zu wissen, wie man einen Baum pflanzt. Ihr Buch ist Blauhügel.

Felix kommt aus der Großstadt, aus einem Hinterhof mit engbrüstigen Häusern, aus der Kolpergasse. „Wie in einer Bücklingskiste war das. Da fühlst du dich hier wie im Paradies."
Das Paradies stellt Jella sich anders vor.
„Mir gefällt es."
Immerhin, das hat sie nicht gewußt, daß er aus einer Kolpergasse kommt.
„Und wenn du wieder hin könntest?"
„Kann ich nicht."
„Warum?"
„Ist weg. Die ganze Kolpergasse. Gesprengt. Weil es stickig war und duster. Da will heute kein Mensch mehr wohnen."
Sie mustert ihn nachdenklich. Er wird recht haben. Eine Stadt wie Steinberke ist besser als eine Kolpergasse. Und wenn er Wasser holen will, sie hat nichts dagegen.
Er kommt mit einem Krug zurück, einem Milchkrug, blau mit weißen Punkten.
„'nen Eimer", sagt sie, „hättest du wenigstens 'nen Eimer gebracht!"
Im Keller entdeckt er einen Wasserhahn. Er holt das Wasser heran, und Jella schwemmt die Wurzeln ein.
„Wie groß wird der Baum?"
„Groß. Wenn wir aus der Schule kommen, sehen wir ihn schon von weitem. Alle Häuser hier sehen gleich aus, und bei den Hauseingängen, da muß ich immer erst abzählen, daß ich nicht in den verkehrten hineinlaufe. Aber jetzt hat unser Haus einen Baum."
Er will wissen, wie sie auf diesen Gedanken gekommen ist.
„Einfach so."
Er kauert sich neben sie; sie kratzen und scharren die restliche Erde um den Baum herum. Er findet es unterhaltsam, ihr zu

helfen; es ist das erstemal, daß er auf der Erde herumrutscht, um einen Baum zu pflanzen; und Jella denkt, daß er so stieselig nicht ist, wie sie vermutete, und daß sich besser mit ihm reden läßt, als es den Anschein hatte.
„Steine gibt es hier, mehr Steine als Erde. Hast du schon mal Steine gelesen?"
„Nie." Felix kann mit anderen langweiligen Beschäftigungen aufwarten, nach Gurken anstehen zum Beispiel.
Gurken hat Jella aus dem Garten geholt.
Felix kennt den dürren Sommer aus dem Konsumladen. Jella weiß von leeren Futtersilos und einem frischen Roggenfeld auf der Erlenkippe.
„Laß mich mal", sagt Felix, dann tritt er an Jellas Stelle die Erde rund um den Pappelstamm fest.
Jellas Füße sind geschickter. Sie tanzen die Erde fest.
Dann ist es genug. „Sonst wird dir ganz dudelig im Kopf", behauptet er.
Sie wischt sich das Haar aus der Stirn.
Die Pappel steht; schlank und grad steht sie da, ein grünes Zeichen in der steingrauen Erde.

X

Die Wolken sorgen für Regen. Das Bäumchen richtet sich aufs Wachsen ein; es hißt seine Blätter.
Der nächste Brief, den Jella an Freitag schreibt, enthält keinen betrüblichen Nachtrag. Alles, was zu sagen ist, steht möglicherweise in einem einzigen Satz: „Lieber Freitag! Unsere Straße hat einen Baum!"

„Hübsch“, sagen die einen, als sie an der Pappel vorübergehen. Hübsch ist ein Wort, das Jella nicht mag; um eine Pappel zu loben, schon gar nicht.
„Wird Zeit, daß hier mal was wächst“, sagen die anderen mit vorwurfsvollem Unterton, als seien sie gewohnt, daß ihnen gebratene Vögel in den Mund fliegen. Ein Märchen ist das mit den gebratenen Vögeln. „Fang sie dir, brat sie dir“, behauptet Kalle Maschke, „so herum stimmt es.“ Darin ist sich Jella mit ihm einig.
Auch Jellas Vater, wenn er am Abend nach Hause kommt, bleibt vor der Pappel stehen. Jellas Mutter hat einen Pfahl mitgebracht, der soll den Baum stützen. „Eine Stütze braucht er einstweilen noch“, sagt die Mutter.
Und sie wußte wohl auch, wie wichtig es für Jella ist, daß die Pappel wächst und gedeiht.
Die Stadt scheint Jella vertrauter, weil die Pappel in ihr wächst; und nicht nur mit der Stadt kommt sie besser aus, sondern auch mit den Menschen, mit denen sie umgeht.
Zu viert laufen sie von der Schule nach Hause, Bodo und Felix, Jella und Tilly. Bodo schlendert an der Pappel vorbei, er nimmt sie nicht einmal wahr. Nicht daß er blind durch die Gegend läuft. Er sieht zum Beispiel auf den Meter genau, ob der Kran heute noch an dem gleichen Standort steht wie gestern. Er weiß auch, daß Cuno Zack Ärger mit seinem Motorrad hat. Nicht bloß an Cuno Zacks Gesicht sieht er das, schon an seiner Haltung erkennt er es, an der Art seiner Bewegungen. Nur eben die Pappel bemerkt Bodo nicht. Tilly bemerkt sie. Doch Tilly gehört zu denen, die „hübsch“ sagen und vorübergehen. Felix und Jella aber laufen von weitem schon auf die Pappel zu.
Ist es verwunderlich, daß Jella mit Felix auch in den Pausen auf dem Schulhof jetzt manchmal zusammenstehn? „Erzähle mir

von der Kolpergasse", sagt sie. Und sie erzählt ihm von Blauhügel. Er hat Gedanken, die neu für Jella sind, die sie noch nicht gedacht hat. Er kennt andere Menschen, andere Lebensweisen, andere Spiele als Jella. Bei Freitag wußte sie immer schon im voraus, was er tun und was er antworten würde; bei Felix weiß sie es nicht. Es ist ein Unterschied, ob einer in der Kolpergasse aufgewachsen ist oder in Blauhügel.

Die Langeweile, die sich während der ersten Wochen in Jellas Nachmittage einnistete, nimmt ab. Auch heute kann Jella nicht schnell genug den Heimweg von der Schule hinter sich bringen. Am Nachmittag steht für die 5c der Besuch der Schwimmhalle auf dem Plan. Gestern wurde sie eröffnet. Sie liegt am Rand der Stadt. Eine langgestreckte Halle ist es; aus Glas die Wände, kühn geschwungen das Dach. Eine Schwimmhalle mit Duschen, heiß und kalt; mit Wasser, klar wie ein Gebirgsbach. „Mit künstlichem Wellengang", behauptet Bodo. Über den Wellen flimmert das Licht der Tagsonne, und wenn die Tagsonne untergeht, scheinen die Nachtsonnen der Scheinwerfer.

Jella geht neben Tilly. Sie denkt an die graugrünen Schachtteichwellen. Im Wälser Schachtteich hat sie sich freigeschwommen, dort hat sie den ersten Kopfsprung gewagt, und eine zünftige Bauchlandung ist daraus geworden. Wie hoch ist der Sprungturm in der Schwimmhalle, fünf Meter, zehn Meter?

Jella und Tilly biegen in die Straße ein, die Kalle Maschke die Pappelstraße nennt; ein anspruchsvoller Name für eine breite Straße, in der ein schmächtiges Bäumchen steht. Doch ein verheißungsvoller Name zugleich. „Straße Jott, Straße Ka, siebenundzwanzigste Straße – so steht es im Bauplan", hat Kalle Maschke zu Jella gesagt. „Und die Leute laufen durch diese Jottstraßen wie durch ein Planquadrat. Wir beide aber, wir

machen aus unserer Planstraße eine Wohnstraße. Wir wohnen in der Pappelstraße. Nu, wie findest du das?" – Jella findet, Kalle Maschke kann mehr, viel mehr als Häuser bauen.
Jetzt aber kommt Jella und Tilly auf eben dieser Straße jemand entgegengelaufen, mit weit ausgreifenden Schritten, mit Armen, die durch die Luft rudern: Felix. Es muß etwas geschehen sein. Doch was Felix Jella schon von weitem zuruft, ist ohne Sinn und Verstand. Jedenfalls für Jella.
Dann steht er vor ihr. Will sie denn nicht begreifen? „Der Baum ist nicht mehr da!" Das ist kein Spaß, den er sich ausgedacht hat.
So, genau so hat es sich zugetragen: Felix ist mit Bodo vorausgegangen, sie wollten ihre Badesachen holen und waren die

ersten, die am Wohnblock siebenhundert ankamen, die einzigen, die berichten können, was geschah. Ein Bagger hat die Pappel herausgerissen, ein Grabenbagger.
„Junge, hab dich nicht“, hat der Baggerfahrer zu Felix gesagt, „hier kann nicht jeder eine Pappel hinsetzen, wohin es ihm paßt. Hier kommt eine Leitung hin, was regst du dich auf? Die Leitung steht im Plan. Die Pappel steht nicht im Plan. Und was nicht im Plan ist, ist nicht.“
Sie hasten zu dritt die Straße hinunter.
Tilly sagt, der Kranfahrer hat recht. Jella begreift Tilly nicht, doch Tilly behauptet, er hat recht. „Sollen sie ihre Leitung anderswo hinlegen, bloß weil es dir eingefallen ist, hier eine Pappel hinzupflanzen? Was nicht im Plan ist ...“
„Ja doch!“ fährt Jella dazwischen, „Das wissen wir nun. Aber hier war alles schon fertig gebaut, und die Streifen vor den Häusern waren eingeebnet.“
Das hat Felix dem Baggerführer auch gesagt. „Na und?“ hat er geantwortet. „Jetzt wird eben alles wieder aufgerissen.“
Jella steht fassungslos vor dem Graben, kein Wort bringt sie mehr hervor.
„Mach dir nichts draus“, tröstet Felix, als er ihre Bestürzung sieht. „Wir pflanzen eine neue Pappel; wir warten, bis sie den Graben wieder zuschütten, dann pflanzen wir eine neue Pappel.“
Jella schüttelt den Kopf. Und wenn sie noch hundert Pappeln pflanzte, nie wieder wird es so sein wie mit dieser ersten, einen. Sie wollte sich einrichten in dieser Stadt. Sie hat mit dem Baum ein Stück Heimat gepflanzt.
Davon kann Felix nichts wissen.
An der Hauswand vor dem aufgerissenen Graben lehnt Bodo Butzmann. Er kramt in seinen Hosentaschen und tut, als berühre

ihn, was hier vor sich geht, nicht im geringsten. Er mustert die zerzauste Pappel, deren Stamm zerbrochen ist, er mustert Jella. Dann hat er gefunden, was er in seinen Taschen sucht. Er schiebt es zwischen die Lippen, und augenblicklich beginnt er zu kauen. Seine Kiefer mahlen, und er hält Jella seine breite Hand entgegen, lässig und scheinbar unbeteiligt. „Willst 'nen Kaugummi?"

Der Kaugummi liegt in seiner ausgestreckten Hand. Jella schaut ihn an, sie sieht in dieser Geste ein Gemisch aus Mitleid und Großmut; etwas was sie am wenigsten vertragen kann. Ihr ist zum Heulen zumute; und wenn sie ihrem Elend jetzt nicht Luft schafft, heult sie tatsächlich los. „Hau ab!" brüllt sie. „Haut doch alle ab!"

Als sie erschrocken dastehen, bestürzt von diesem jähen Ausbruch, hält Jella es keinen Augenblick länger, sie rennt davon.

Felix will ihr nachlaufen, doch dann nimmt er seine Schultasche und geht an Tilly, an Bodo Butzmann vorbei ins Haus.

Jella hat die Straße hinter sich gelassen, mit einem Sprung setzt sie über den Graben, der metertief unter ihr klafft. Es kümmert sie nicht, was Felix denkt, was Tilly ihr nachruft. Sie hat nur den einen Gedanken: weg von diesem Haus, von diesem aufgerissenen Graben. Sie braucht den Abstand, den ihre Füße erlaufen, stolpernd über Bauschutt.

Ein Stein schlägt dicht vor ihren Füßen auf. Noch einer. Doch sie wendet sich nicht um. Cuno Zack ist der Steinwerfer. Er sitzt hoch oben auf einem Stapel von Bauelementen und hält Mittagsruhe. Er sieht Jella verwundert nach. Was trabt sie wie ein aufgestörtes Hirschkalb über den Bauplatz hin? Mit der Schulmappe unter dem Arm zur Mittagszeit raus aus der Stadt, dem Mittagessen davon.

Soll sie laufen! Cuno Zack wendet sich ab und rekelt sich in einen kurzen Mittagsschlaf hinein.
Auf dem Brachfeld zwischen kniehohen Disteln findet Jella sich wieder. Das Feld schiebt sich bis an die Stadt heran; die Stadt wächst in das Feld hinein. Bagger haben es aufgewühlt und mit Gräben zerfurcht. Auf sandigen Wällen wächst ärmlichgelbes Gras. Die schwarzfetten Erdhaufen daneben überwuchert blühende Wiese.
Zwischen Kamille und wilder Endivie am Fuß eines Hügels landet Jellas Schulmappe. Jella klettert ein Stück höher den Erdwall hinauf. Dessen Kuppe deckt saftiger Bitterklee. Dort setzt Jella sich hin, allein und verloren auf dem weiten Brachfeld.
Das Dröhnen der Schweißgeräte, das Tuckern der Kompressoren, die nahen und fernen Geräusche der Stadt dringen zu ihr herüber.
„Solch eine Stadt", hat Kalle Maschke gesagt, „das mußt du spüren, die atmet, die lebt, die ist nicht starr."
Feindselig starr erscheint sie Jella jetzt. Dabei hat Jella ihr alle Bereitschaft entgegengebracht, deren sie fähig war; jede Enttäuschung hat sie mit einem „Wennschon" beschwichtigt, immer wieder. Sie hat sich nicht entmutigen lassen.
Warum ist es so schwer, sich zurechtzufinden? Weshalb hat der Vater sie immer nur auf die Freuden verwiesen, die diese Stadt vergeben würde? Weshalb hat Fräulein Weidmann Jellas Erwartungen geschürt; weshalb hat sie nicht auch von den Schwierigkeiten gesprochen, den ungewohnten, bedrückenden Gedanken, die Jella erwarten? „Eine verlockende Hochhausstadt im größten industriellen Ballungsgebiet", hat Fräulein Weidmann Steinberke genannt. Und: „Da hast du deine Welt!" hat Klaus Kürbs verheißen.

Das ist nicht Jellas Welt. Das ist nicht ihre Stadt, der sie entgegengefahren ist. Daran kann auch Kalle Maschke nichts ändern, daran kann auch Felix nichts ändern. „Du mußt die Stelle finden, wo du hingehörst“, hat die Mutter gesagt, „sonst bleibst du immer draußen.“ Jella ist draußen! Die Stadt ist eine Stadt ohne sie. Nun gibt es nicht einmal mehr eine Pappelstraße.

So entmutigt war Jella noch nie. Was war das für eine Freude damals in Blauhügel, als der Vater im Flur stand; als er den Einweisungsschein für Steinberke aus der Tasche holte und sagte: „Was glaubst du, was passiert?“ Dem Vater gefällt es. „Ist doch prima hier, wie?“ Er redet ihr zu: „Wart's ab, eines Tages kaufe ich dir ein Fahrrad, dann fahren wir sonntags raus aus der Stadt.“ Eines Tages, und immer wieder: eines Tages; alle reden sie von dem, was sein wird eines Tages, die Mutter, Herr Sindelfing, Kalle Maschke. Eines Tages werden hier statt der Schwellendämme breite Straßen sein; eines Tages werden Bäume dasein und Blumen; Rosen, Dalien, Stiefmütterchen. Eines Tages, das ist für Jella genauso weit weg wie: Es war einmal.

Ich bin nicht eines Tages, denkt Jella. Ich bin jetzt.

Ein gelber Falter gaukelt über dem Bitterklee. Jella rutscht den Hang hinunter und angelt nach ihrer Schulmappe. In der Schulmappe, zwischen Heften und Zeichenblock, steckt ein Brief. Seit gestern trägt sie ihn mit sich herum. Auf ihren Knien glättet sie die herausgerissene Heftseite, die Freitag statt eines Briefbogens benutzte. Freitag, der Freund – hat er nicht alles vorausgesagt? „Du mit deinem Tick in die Welt!" Seine Welt ist in Blauhügel, mehr will er nicht. „Aber du", hat er zu Jella gesagt, „du willst immer mehr."

Sie liest Freitags Brief; und obwohl sie ihn schon oft gelesen hat, liest sie ihn wieder.

In ihre Gedanken kehrt Blauhügel zurück, und sie kehrt zurück nach Blauhügel.

„Lieber Robinson", schreibt Freitag, „hier ist alles in Ordnung. Ich gehe jetzt mit Will Atkins. Die Plane in der Höhle hat ein Loch. Da kommt der Regen durch. Das mit dem Mistpfützenkrebs, das würde ich dem geben. Wenn einer schon Butzmann heißt! Die Kaninchen, sagt Timpe, soll ich in die Ausstellung bringen. Aber so wie mit Dir wird es nie wieder. Die Stare haben auch schon Junge. Gruß. Freitag. Zorre sucht Dich überall."

Zwölf Sätze nur hat der Brief, zwölf Sätze und einen Fettfleck. Es kann auch ein Schmierfleck von Freitags Fahrrad sein. Doch diese zwölf Sätze lassen Jella die Stadt vergessen und ihre Sehnsucht nach Blauhügel wachsen.

Die Sehnsucht ist ein Wucherkraut, sie überwuchert die Gedanken. Und wenn es jemand so elend zumute ist wie Jella in diesem Augenblick, dann wird die Sehnsucht zu einem Heilkraut obendrein. Jella braucht nicht einmal die Augen zu schließen, sie braucht nur auf Freitags herausgerissene Heftseite zu sehen, und sie sieht vor sich die Höhle, die Insel Fernandez; sie schmeckt den Wind, der vom Wälser Schachtteich herüberweht; sie hat die vertrauten Geräusche im Ohr, das satte Brummen der Kühe, das Schnattern von Betti Kojankes Federvieh. Und sie sieht vor sich die Straßen von Blauhügel, auf denen sie sich auskennt bis in die Brennesselwinkel der Gassen hinein. Überschaubar das alles, vertraut jedes Lachen. Der Lauf jedes Tages vertraut.
Und da ist Zorre. Zorre sucht dich überall. Sie klettert über den Zaun von Vater Jennerts Hof. Jella spürt Zorres Schnaufen im Nacken; Zorres Fell riecht nach geschabten Möhren und frischem Heu.
Auf einmal begreift Jella Betti Kojankes Unbeirrbarkeit: „Hejmat ist Hejmat.“ Auf einmal begreift sie, was Timpe damit meint: „Welt ist überall, aber in Blauhügel am meisten.“
Sie stellt sich in Gedanken vor: Wieder neben Betti Kojanke herzugehen, wenn sie aus den Eimern mit den quietschenden Henkeln die Futterautomaten füllt. Oder mit Klaus Kürbs über den Acker zu stapfen. Oder neben Freitag vor dem Stall der Schecke zu stehen.
Sie steckt den Brief in die Tasche und springt auf. Sie will zurück nach Blauhügel. Fort aus der Stadt, in der ihr nichts gelingt. Wieder dabeisein, wenn Klaus Kürbs sagt: „Macht man, Kinder!“ Glück, behauptet Vater Jennert, Glück ist Dabeisein.
Jella greift nach der Schulmappe. Wenn sie den Mittagsbus noch erreicht, kann sie in einer Stunde in Blauhügel sein.

XI

Der Bus hält kurz vor der Kreuzung am Wälser Schachtteich. Von dort aus ist es nicht mehr weit bis zum Dorf. Jella kann die Straße hinunterlaufen, an der Schule vorbei. Sie kann aber auch den Weg den Hang hinauf über die Insel Fernandez nehmen. Es ist früher Nachmittag.

Während der Fahrt im Bus hat Jella versucht, sich diese Heimkehr vorzustellen. Die Freude, begrüßt, befragt zu werden, hat sie vorweggespürt. Zuerst wird sie zu Vater Jennert laufen; er sitzt in der Küche über der Zeitung. Oder er hackt die Beete im Garten. So wird es sein, er hackt das Kräuterbeet. Sie springt über den Gartenzaun, dann steht sie hinter ihm und fragt; fragt, als ob sie gestern noch davon gesprochen hätten: „Zufrieden mit der Pimpinella?" Das gibt eine Überraschung! Zorre liegt unterm Kirschbaum im Gras. Sie springt auf ihre stelzigen Ziegenbeine und meckert. Oder aber, es wird genau umgekehrt sein: Noch während Jella über den Gartenzaun springt, meckert Zorre. Und dann erst wird Vater Jennert aufmerksam. Jedem Einwohner von Blauhügel teilt Jella seine Empfangsrolle zu.

Sie steht auf der Straße im Staub, den der davonrollende Bus aufwirbelt. Außer ihr ist niemand ausgestiegen. Sie schmeckt den Staub auf den Lippen und sieht sich um. Üppiger sind die Bäume geworden, üppiger das Blattgeflecht der Kronen. Der Raps auf dem Acker jenseits der Straße reift der Ernte zu. Auf der Erlenkippe steht wogend der Futterroggen. Hinter den Wiesenhängen sehen die ziegelroten Dächer Blauhügels hervor.

Alles ist, wie Jella es kennt; genau so und anders zugleich. Die Erlenkippe kommt ihr plötzlich kleiner vor, als sie sie gestern noch Felix beschrieben hat. Und waren die Straßen wirklich immer so schmal?

Jella wendet sich dem Schachtteich zu und nimmt den Weg

über die Insel Fernandez. Er ist der kürzere; auch der vertrautere. Der Trampelpfad, der den Hang hinaufführt, windet sich durch niedriges Gehölz. Zwischen Robinien und Schwarzerlen blühen Heckenrosen. Brombeergerank überwuchert den Pfad und hakt sich an Jellas Hosenbeinen fest.
Auf halber Höhe des Hanges stutzt Jella. Sie entdeckt vor sich eine Lichtung. Frisch geschlagen ist sie, nicht größer als ein Laubengeviert. Auf der Lichtung steht eine Bank. Mit langen Vorderbeinen, mit kurzen Hinterbeinen ist sie eingefügt in das steil ansteigende Gelände; Jella sieht auf den ersten Blick – Vater Jennert hat sie aufgestellt. Die Bretter, mit denen Sitz und Lehne genagelt sind, hat Jella mit Vater Jennert zusammen im Schuppen gestapelt.
Jella stellt sich vor, wie Vater Jennert durch das Dickicht stapft; wie er sein rotgewürfeltes Taschentuch aus der Rocktasche zieht, den Hut in den Nacken schiebt und sich die Stirn abwischt. Dann wird er auf der Bank sitzen und zwischen den Zähnen hindurch vor sich hin pfeifen. Der Wälser Schachtteich wird wieder ein Tagebau sein, und im Tagebau fährt Vater Jennert den Bagger.
Plötzlich ist es Jella, als höre sie Rufe, Stimmen, die von der Insel Fernandez zu ihr herunterdringen. Sie läuft weiter durch das Dickicht hinauf zur Insel. Das gäbe ein Gaudi, aus dem Dickicht hervorzubrechen! Ein heimgekehrter Robinson überfällt den ahnungslosen Will Atkins, der es sich mit seinen Bills und Jacks in Robinsons Höhle bequem gemacht hat.
Umsichtig pirscht Jella sich vorwärts. Das dürre Unterholz der Schwarzerlen versperrt ihr den Weg. Das verworrene Gerank des Teufelszwirns umgarnt sie. Die Äste knacken unter ihren Tritten. Sie duckt sich im Schutz des Dickichts.
Vor ihr, nur einen Steinwurf weit entfernt, liegt die Höhle. Am

Eingang zur Höhle sitzt Freitag mit gekreuzten Beinen und verteilt Weißbrotschnitten mit Pflaumenmus, wie er es immer getan hat. Zorre grast neben der Höhle. Will Atkins sitzt an Freitags Seite.
Kein Rascheln der Blätter, kein Ästeknacken verrät Jella.
„He, Robinson!“ Wen meint Will Atkins? Denn daß er Jella nicht meinen kann, ist gewiß. Er wirft Freitag eine Leine zu; die Plane hat sich vom Pflock gelöst, an dem sie befestigt ist.
Jella hält den Atem an. Freitag, Freitag ist Robinson! Er fängt die Leine auf; er gibt seine Befehle, so wie er es von Jella gehört hat, und Weißbrotschnitten mit Pflaumenmus verteilt er obendrein. Freitag ist beides: Robinson und Freitag zugleich.
Von einem Lagerfeuer ist die Rede, ob es sein darf oder nicht, mitten im Wald. Freitag führt das Wort, Freitag, der gewohnt war zu flitzen nach Jellas Willen – jetzt führt er das Wort gegen Will Atkins. Er stopft den Rest seiner Pflaumenmusschnitte in den Mund, dann hält er Zorre die Hand hin. Ihre dünnen Ohrlappen spielen, die gelbbraunen Augen flackern. Sie springt auf, schnuppert, zieht die Nase kraus, dann leckt sie Freitag die Hand, leckt das Pflaumenmus von seinem Finger. Das hat sie bei Jella nicht getan.
Die Bills und Jacks haben sich im Kreis um die Höhle herum gelagert. Die Lücke, die Jellas Fortgang von Blauhügel hinterließ, ist geschlossen. Alle sind ein Stück näher aneinandergerückt; da gibt es keine Lücke mehr in ihrem Kreis.
Was hat Jella erwartet? Sie kommt hierher und findet alles so vor, wie sie es verließ? Vier Wochen, in denen die Zeit stillstand? Hat sie das erwartet? – Die Zeit stand nicht still. Die Erlenkippe trägt ein Roggenkleid, dunkelgrün mit hellen Spitzen; auf halber Höhe über dem Wälser Schachtteich hat Vater Jennert eine Bank aufgestellt, Freitag ist Robinson, und Zorre leckt Freitags Hand.

Vielleicht stimmt das, was Freitag ihr schrieb. Vielleicht hat Zorre Jella wirklich ein paar Tage lang gesucht; doch anders, als Jella es sich vorstellte. Das weiß sie jetzt. Weil Jella ihr Möhren brachte, deshalb suchte Zorre nach ihr. Dann hat sie erfahren, daß auch andere ihr Möhren bringen, Vater Jennert und Freitag. Zorre braucht Jella nicht. Es geht ihr gut, sie fühlt sich wohl. Was Jella für sie tat, hat Zorre ihr gedankt auf Ziegenart, so wie sie es nun Freitag dankt. Das Wichtigste für Zorre sind die Möhren, nicht, wer sie bringt. Auch Freitag, das beginnt Jella jetzt zu begreifen, auch Freitag hat es gelernt, seinen Alltag ohne Jella einzurichten. Er hat es im voraus gewußt, und er hat es ihr auch gesagt: Es wird nie wieder so, wie es war.
Was soll sie tun? Soll sie vortreten und eingestehen, daß ihr nicht gelang, was Freitag gelungen ist; soll sie gestehen, daß sie es nicht verstand, sich in Steinberke einzurichten? Ein Robinson, der zurückkehrt, weil er nicht klarkommt draußen? Oder soll sie sich den Anschein geben, als hätte sie zufällig nichts Besseres zu tun gehabt, als eben mal nach Blauhügel zu kommen? Soll sie vielleicht obendrein noch die Überlegene spielen, sich von Will Atkins bestaunen lassen und angeben damit, was sie alles an Beneidenswertem erlebte? Jella gelingt manches; andere täuschen gelingt ihr nicht.
Plötzlich weiß sie, es wird kein Gaudi der Begrüßung geben, nicht hier oben auf der Insel Fernandez und nicht unten im Dorf. Sie wird die Äste, die sie verbergen, nicht auseinanderbiegen. Und daß sie hier war, wird niemand erfahren. Später, in ein paar Wochen vielleicht. Nicht heute, nicht jetzt die Fragen, die forschenden Blicke. So wie sie gekommen ist, geht sie durch das Dickicht zurück.
Als sie die frisch geschlagene Lichtung erreicht, sieht sie den Bus die Blauhügeler Straße heraufkommen. Damit hat sie nicht

gerechnet. Sie war auf eine unerquickliche Wartezeit gefaßt. Nun bleibt es ihr erspart, am Straßenrand oder am Wälser Schachtteich unter den Schwarzerlen zu sitzen und Männchen in den Sand zu malen, traurige Männchen mit hängenden Armen. Sie beeilt sich und erreicht die Bushaltestelle, als der Bus eben anlangt.

„Da bist du ja wieder", sagt der Busfahrer.

Jella steigt ein. Die Tür schlägt hinter ihr zu.

So einfach ist das, keine Nachfrage, keine Verwunderung. Da bist du ja wieder, und der Bus fährt an. Er keucht den Wippkendorfer Berg hinauf.

Häuser, Bäume, Felder tauchen auf und bleiben zurück.

Manchmal, wenn Freitag Jella gegenüber nicht eingestehen wollte, daß er bekümmert oder mit seinen Gedanken durcheinander war, dann redete er sich darauf hinaus, er habe da so ein flaues Gefühl in der Magengegend. Dieses flaue Gefühl lernt Jella jetzt gründlich kennen.

Sie sieht zum Fenster hinaus. Auf halber Höhe hinter den Wiesen von Blauhügel steht die hohe Weide, in der die Holztauben nisten. In allen Farben, nebelgrau und sonnenbunt, schneebleich und regensatt kennt Jella das Land, früh dämmernd in den Niederungen, tauglitzernd auf den Hängen. Plötzlich spürt sie: Und wenn das alles sich verändert, und wenn es auch stimmt, daß nichts bleibt, wie es war, und wenn noch so viele Saaten und noch so viele Ernten über die Felder hingehen werden – in Jellas Erinnerung bleibt jeder Baum, jedes Haus und jeder Pfad. Sie läßt das alles zurück und nimmt es mit zugleich. „Nur was man vergißt, ist aus und vorbei", jetzt versteht Jella die Mutter. Hinter den Wiesenhängen verschwinden die Dächer von Blauhügel.

Je näher der Bus an die Stadt herankommt, um so dichter wird der Verkehr, um so mehr Leute an den Haltestellen steigen ein und aus. Auf den Straßen neben den Bussen stauen sich die Autos, die Motorräder in langen Reihen. Schichtwechsel im Kombinat. Die Stadt streckt ihre Straßen wie Arme aus, um ihre Bürger heimzuholen.

Auf einer der Straßen fährt Jella; fährt, als habe sie diese Fahrt nur machen müssen, damit ihr bewußt wird, daß auch sie hineingehört in den Strom der Heimkehrenden.

„Siehst du den Wald?“ fragte Kalle Maschke vor ein paar Tagen. Sie waren zusammen auf den Dachgarten ihres Wohnblocks hinaufgestiegen, wohl, weil es ihm keine Ruhe gelassen hatte, daß er ihr den Ausblick über die Stadt hatte vereiteln müssen.

„Den Wald ganz dahinten?“

„Bis zu dem Wald hin bauen wir die Stadt.“

„Und der Fluß dazwischen?“

„Den verlegen wir.“

„Wohin?“

„Zum Wald hinüber, dort gefällt er uns besser.“

Genauso hat sie es sich vorgestellt, Flüsse verlegen und Berge versetzen. „Aber ein Plack wird es doch.“

„Ein mächtiger, nu!“

Linker Hand sahen sie unter der fahlgelben Dunstglocke das Kombinat. Rechter Hand heureife Wiesen, Niederholz und Heide. Großraumfelder. Kirchturmspitzen. Schienenstränge, auf denen die Züge wie Tausendfüßler mit ihrer braunen Kohlenfracht aus den Tagebauen krochen quer durch das Land bis hin zum Kombinat. Zwischen den Feldern, in den Tälern, lagen wie ziegelrote Kleckse die Dörfer. Und eins davon war Blauhügel. Die Erlenkippe aber erschien von der Höhe des Dachgartens herunter tatsächlich nicht größer als ein Fingerhut.

Der Bus hält nicht weit vom Wohnblock siebenhundert entfernt. Jella steigt aus. Die Uhr, die in großen Ziffern die Stunden, in kleineren die Minuten anzeigt, schreibt eine blinkende Siebzehn über die Dächer der Stadt. Um diese Zeit kehrt die Mutter von der Arbeit zurück. Sie öffnet die Wohnungstür, stellt das Netz mit den scheppernden Milchflaschen ab, die sie im Vorbeigehen in der Kaufhalle besorgte, und ist verwundert, weil Jella nicht in ihrem Zimmer sitzt.
Ich war mal eben in Blauhügel, wird Jella am Abend zur Mutter sagen, wenn sie sich für einen Augenblick zu Jella auf die Bettkante setzt. Und die Mutter wird vielleicht nicht einmal erstaunt sein.

XII

Der Einkaufszettel ist eng beschrieben. Jella hält ihn in der Hand, während sie den hochbeinigen Einkaufswagen durch die Warenhalle schiebt. In den Regalen liegen griffbereit gestapelt die Lebensmittel, Torten und Törtchen, Hühnchen und Hähnchen, Obst und Gemüse. Gesäubert, gebündelt, feingefroren, kochfertig vorgerichtet.
Der Einkauf ist rasch erledigt. Jella tritt aus der Halle in den sonnenhellen, juniwarmen Nachmittag. Ihr ist, als wäre sie gestern erst wirklich in Steinberke angekommen. Die Mutter hat am Abend auf Jellas Bettkante gesessen, der Vater stand neben ihr. Sie haben von Blauhügel gesprochen.
„Es gibt Dinge“, hat die Mutter gesagt, „da muß man allein durch. Es tut gut, wenn man andere neben sich hat, aber durch muß man allein.“

Und deshalb ist dies heute eigentlich Jellas erster Tag in Steinberke, ein erster, alltäglicher Tag.
„Wo warst du bloß auf einmal hin?“ fragte Tilly heute morgen. Und es war klar, daß sie sich vorgenommen hatte, Jella ihre Meinung zu sagen. „Rennst weg und läßt dich nicht mehr sehen!“
Sie lief neben Jella her, die Schultasche schwenkend. Der rotblonde Pferdeschwanz wippte. Dann erzählte sie, erzählte sieben Minuten lang, von der Wohnung bis zur Schule hin, vom Baden gestern, von der Schwimmhalle, vom künstlichen Wellengang und daß sie gesprungen sei, „zum ersten Mal vom Dreimeterturm herunter, Kopfsprung, ohne Bauchlandung, mitten in den künstlichen Wellengang hinein. Und du, du läßt dir das alles entgehen, rennst einfach weg, bloß wegen ein bißchen Pappel.“ Das sagte sie wörtlich: wegen ein bißchen Pappel. Jella blieb ihr die Antwort schuldig.
Sie mag Tilly, sie mag mit ihr gemeinsam über den Schularbeiten sitzen, sie mag mit ihr die Wellensittiche von den Gardinenstangen herunterholen. Tilly war die erste, die sich um Jella kümmerte. Und dann kommt ein Satz, ein einziger. Ein bißchen Pappel. Und da ist es beinahe entschieden, daß es beim Schularbeitenmachen bleibt, beim Wellensittichfangen. Und viel mehr wird nicht sein.
„Was machst du für ein Gesicht?“ Jella schreckt auf. Der so fragte, muß eine Weile schon neben ihr gehen, ohne daß sie es bemerkt hat. Während sie auf die Wegplatten starrte, muß dieser Jemand neben ihr genügend Zeit gehabt haben, sie ungeniert zu beobachten.
Sie bleibt stehen. Im Augenblick spürt sie nichts anderes, als daß die vollgepackte Einkaufstasche an ihrem Arm zieht. Sie stupst den, der so unerwartet vor ihr auftaucht, mit der Tasche gegen

das Knie und sieht ihn von der Seite an. „Hilfst du mir tragen?“
Von begeisterter Zustimmung seinerseits kann nicht die Rede sein. Doch dann tragen sie die Tasche gemeinsam. Seitdem Jella gestern davongelaufen ist, haben sie und Felix kein Wort miteinander gesprochen, auch in der Schule nicht.
Plötzlich entdeckt Jella Bodo Butzmann. Er steht vor der Eisdiele, kommt auf sie zu, ein paar Schritte nur, dann wartet er. Dabei leckt er an den Eiskugeln, die sich über der Waffeltüte auftürmen, nicht mit der Zungenspitze leckt er, er schiebt die Zunge vor, so weit er kann, und leckt mit einem nahezu herausfordernden Wohlbehagen.
Er sieht ihnen entgegen. Was wird er tun? – Er grinst. Leckt sein Eis, läßt sie dicht an sich vorübergehen, als gelte es, eine Parade abzunehmen, und grinst.
Wie es kommt, daß er mit Bodo befreundet ist, hat Jella neulich einmal Felix gefragt. Sie sind nicht befreundet, behauptete er. „Wir gehen nur miteinander.“
Plötzlich sagt Felix: „Der ist nicht so, wie du denkst.“
„Wie ist er denn? Gründet 'ne Jungenpartei in der Klasse und führt sich auf wie ein Boß!“
„Du ärgerst dich bloß, weil er was gegen Mädchen hat.“
„Ich ärgere mich, weil er angibt.“
Felix möchte sich in diesem Punkt nicht festlegen. „Immerhin, als das mit der Pappel war, hat er dir Kaugummi hingehalten. Wenn du wüßtest, wie der mit seinem Kaugummi geizt! Manchmal“, sagt er, „manchmal denke ich, man müßte dahinterkommen, warum er so ist.“
„Und dann?“
„Dann wär's leichter.“
Warum ist einer so? „Das weiß keiner. Oder?“ Er zuckt mit den

Schultern. „Wo jeder neu hier ist, wie willst du da was wissen.“
Das stimmt. „Wenn du aufschreiben möchtest, wo alle herkommen, du kriegtest die ganze Landkarte zusammen.“
„Aber jetzt sind wir nicht mehr, wo wir herkommen, jetzt sind wir in Steinberke.“
Sie nickt. „Jetzt sind wir in Steinberke.“
Obwohl sie den Satz nur wiederholt, bekommt er plötzlich Gewicht. Jella beginnt zu erzählen, wie das gewesen ist an dem Tag, an dem sie eingezogen sind. Von Klaus Kürbs erzählt sie und von seiner Einzugsrede im leeren Zimmer zwischen kahlen Wänden. Was wird sein? – Was du draus machst, wird sein. „Lachen kann der Kürbs“, sagt sie, „du glaubst nicht, wie das dröhnt, wenn der lacht.“
Am Ende der Straße biegen sie rechts um die Ecke, obwohl der kürzere Weg links herum zum Wohnblock siebenhundert führt. Sie haben keine Lust, schon nach Hause zu gehen. Zwar ist die Einkaufstasche nicht leichter geworden, doch so schwer ist sie auch wieder nicht, zumal sie ja zu zweit sind, um sie zu tragen.
Sie schlendern durch die gleiche Straße, durch die Jella vor Wochen gelaufen ist, als sie den Taubenbrunnen suchte; die gleiche Straße, aber sie kommt Jella verändert vor. Vielleicht liegt das an den bunten Kleidern der Menschen? Bunte Kleider verdrängen das Grau von den Straßen. – Vielleicht liegt es am Sonnenlicht? Sonnenlicht kann sich in Fensterscheiben spiegeln. Vielleicht liegt es am Himmel? Ein Junihimmel ist anders blau als ein Himmel im Mai. – Vielleicht liegt es wirklich an dem allen und doch nur an einem: an Jella selbst. Ist sie denn noch die gleiche wie an jenem ersten Tag, als sie hier ankamen?
An der Bank gegenüber vom Taubenbrunnen bleibt Jella stehen. „Warst du schon mal hier?“

KINDERBIBLIOTHE

„Das ist 'ne Frage. War ich. Klar."
„Und wie findest du den Brunnen?"
Wie soll er ihn finden? „Na ja."
„Willst du mal staunen?"
Er hält es für gescheiter, abzuwarten, ehe er antwortet.
Sie stellen die Tasche auf die Bank. Dann laufen sie zum Brunnen hinüber.
Jella hockt sich auf den Brunnenrand, springt auf, biegt den Kopf in den Nacken, hockt sich tiefer und blickt mitten hinein in den Flug der Tauben an der Fassade des Hochhauses hinauf und höher.
Sie winkt Felix neben sich. Nun sehen sie beide über ihren Köpfen das Spiel der Taubenschwingen. Wirklicher ist es als auf dem Dia, gegenständlicher, wahrhaftig und zum Greifen nah.
Sie sehen zum Brunnen hinauf und in das schmale Wasserbett rund um den Brunnen hinein. Jella tupft mit dem Finger auf den Spiegel des Wassers. Eine Bewegung geht über das Wasser hin. Im Spiegel des Wassers zittern die Schwingen der Tauben. Dann liegt der Spiegel wieder unbewegt.
Felix streckt die Hand aus.
Doch das hat sie vorausgesehen. „Wenn du so reinhaust, machst du alles kaputt."
Ihre Hand ist leichter. Kräftig auch, aber leichter. Ihr Finger berührt den Spiegel des Wassers kaum.
Der Wind treibt Wolken über die Stadt. Und Wolken und Taubenschwingen sind über ihren Köpfen und im Wasser unter ihnen zugleich.

ISBN 3-358-00443-0

12. Auflage 1989
© DER KINDERBUCHVERLAG BERLIN – DDR 1974
Lizenz-Nr. 304-270/382/74
Satz: INTERDRUCK Graphischer Großbetrieb Leipzig – III/18/97
Druck: Messedruck Leipzig
Buchbinderische Verarbeitung: LVZ-Druckerei „Hermann Duncker“
Leipzig – III/18/138
LSV 7511
Für Leser von 10 Jahren an
Best.-Nr. 628 628 6
00480